AF210875

Gewidmet meinem Mann, meiner Tochter,
P. Kenis und allen meinen anderen Freunden

Linda Herrygers-Gha

Brief an den Vatikan

Beichte einer islamischen Hure

© by Linda Herrygers-Gha, 2990 Wuustwezel, Belgium
alle Rechte bei der Autorin
Kostenlose Manuskriptbetreuung durch
Michael Rademacher, Vechta, www.literad.de
Herstellung: Books on Demand GmbH, Norderstedt
ISBN 3-8311-2973-8

Heiliger Vater,

wenn Sie anfangen diese Zeilen zu lesen, obwohl Ihnen bewusst ist, wie lang dieser Brief ist und sich wirklich die Mühe machen wollen zu begreifen wie wichtig es mir ist, dass Sie ihn bis zum Schluss lesen, dann hören Sie bitte auf Ihr Herz und Ihre innere Stimme.

Lesen Sie bitte alles. Jedes Wort. Jede Zeile. Jeden Satz.

Bitte nehmen Sie sich Zeit für mich. Bis vor gar nicht allzu langer Zeit bestand mein Lebenssinn darin, nach materiellem wie finanziellem Reichtum zu streben. Für die heutige Zeit ist es nichts Außergewöhnliches, diese Lebenseinstellung zu haben. Für mich hat es sich seit dem 01. 01. 2001 rapide verändert. In mir ist irgendetwas erwacht und ich weiß eigentlich gar nicht genau was. Ich weiß nur, dass ich seitdem nur noch diesen einen Wunsch habe. Einen Lebenstraum. Eine Vision. Bitte nehmen Sie mich ernst, denn Sie sind meine letzte Hoffnung. Halten Sie mich bitte nicht für geistig verwirrt oder auf einem Drogentrip. Ich bitte Sie im Voraus um Verzeihung für einige sehr böse Worte, die eigentlich nicht in Gottes Hände und nicht in sein Reich gehören. Leider finde ich für das Eine oder Andere manchmal keinen anderen Ausdruck um bestimmte Situationen so real wie möglich zu vermitteln. Ich will auch bestimmt keinem persönlich zu nahe treten, daher erwähne ich weder Namen noch Orte. Ich bitte dafür um Verständnis, zum Respekt der Betroffenen. Persönlichkeitsrecht, versteht sich!

Also, ich bin ein schlechter Mensch gewesen. Teilweise zumindest. Ich stecke voller Sünden. Ich bereue alles und bete jeden Abend um Vergebung. Und obwohl ich auch noch jeden Abend zwei Kerzen anzünde, weiß ich nicht mal, ob Gott überhaupt bereit ist, mir zu vergeben. Dafür sind die Sünden viel zu schwer, als dass ich annehmen könnte, ich würde damit davonkommen, wenn ich nur jetzt wieder an ihn denke! Mein Umfeld lässt es mich schon genug spüren, dass ich, ihrer Meinung nach, noch nicht die richtige Vergeltung bekommen hätte. Meine Bemühungen, ein guter Mensch zu werden, schlagen sie in den Wind. Was ich auch tue, man vermutet dahinter böse Absichten. Ich hatte mir fest vorgenommen, nie wieder in meinem Leben bewusst zu sündigen, zu lügen oder über andere zu lästern. Da ich auch nur ein Mensch bin, werde ich mir die größte Mühe geben, es für immer einzuhalten, was mir bis jetzt sehr gut gelingt, auch wenn es fast immer zu meinem Nachteil ist. Man muss ja immer Opfer bringen! Die Menschen wollen aber gar nicht, dass man ehrlich zu ihnen ist. Glauben Sie mir, ich weiß wovon ich rede. Ausnahmen bestätigen die Regel — wie z. B. meine Großeltern. Sie sind ja eigentlich die Großeltern meines Mannes, aber das ist kein großer Unterschied für mich, für uns. Ich bot ihnen neulich meine Putzdienste einmal wöchentlich an, da sie beide alt und gebrechlich sind. Sie sind nicht einsam, da sie mit sieben gemeinsamen Kindern und mit einer reichlichen Anzahl an Enkeln und Urenkeln beschenkt wurden. Warum sie den Großeltern nicht helfen, kann ich aus Unwissenheit nicht erklären. Und ich will nicht zu Unrecht jemanden beschuldigen, dessen Lebensumstände ich nicht kenne. Die Lebensumstände ihrer einzigen Tochter und die meiner Schwiegermutter kenne ich allerdings und ich untertreibe bestimmt nicht, wenn ich behaupte, dass diese Person voller Habgier steckt. Alles, was sie für ihre Eltern tut, tut sie nur gegen Entgelt; und ich meine wirklich alles. Mich wollten sie auch zu Beginn dafür bezahlen, bis ich ihnen erklärt hatte, was der Unterschied zwischen «arbeiten» und «helfen» für mich war. Denn mit jedem Handschlag den ich da tue wird mir ein kleines Stück selber geholfen. Nicht nur, dass es eine gute Ablenkung für mich ist, nein es befreit mich auch ein wenig. Es tut mir sehr gut und ich bin ihnen dafür dankbar, dass sie es mir ermöglichen, Gott etwas näher zu kommen. Sie selber wissen gar nicht, wie sehr sie mir eigentlich helfen, glaube ich.

Dem Pastor dieser Gemeinde wollte ich erst auch meine Hilfe anbieten. Leider gab es da eine kleine Meinungsverschiedenheit, die mich dazu bewog, Ihnen diesen ellenlangen Brief zu schreiben. Nicht um mich über diesen Menschen zu beschweren, nein, ich glaube nur, dass Sie für meine Bitte besser geeignet sind als eine Person, die etwas zu christlich ist und mich als Nichtchristin nicht ernst nimmt. Sie werden schnell begreifen worum es geht, wenn Sie, wie gesagt, bis zum Schluss weiter lesen. Es ist mir wirklich sehr wichtig, sonst wird mich niemals jemand verstehen und mein Leiden hätte nie einen Sinn gehabt.

Vorab möchte ich ihnen sagen, dass ich als Moslime groß geworden bin, da meine Eltern arabischer Abstammung sind, doch distanzierte ich mich vom Islam schon vor langer Zeit. Entschuldigung, aber ich bin irgendwie nicht religiös. Ich bin gläubig! Ich glaube an Gott, an Allah, oder wie immer er auch heißen mag, da oben, aber ich glaube fest an ihn! Ich glaube an unseren VATER! Als Kind war ich sogar davon überzeugt, dass ich ihm sehr, sehr nahe stand. Mein Respekt dem Herrn gegenüber ist von unbeschreiblicher Kraft. Im Kindesalter verspürte ich schon diese gewaltige Kraft und Sehnsucht nach Gott. Doch blieb es nicht immer so, denn ich wurde eine Zeit lang, eine sehr lange Periode, dieser Kraft beraubt. Von mir selber natürlich. Ich verlor in diesem Zeitabschnitt den Glauben an Gott. Ich fühlte mich ungesehen, ungeliebt und als Versagerin. Ich fühlte mich von Gott und der Welt verlassen und gehasst. Ich zog das Pech förmlich an. Und alles nur weil ich mich hatte blenden lassen. Diese materielle Welt und meine damalige Naivität machten mich zur Sklavin der modernen Zeit. Für mein Verderben hatte ich eigenhändig gesorgt. Ich gebe niemandem die Schuld für diese schreckliche Zeit. Ich alleine trage die Schuld meiner Sünden und bin bereit, die «gerechte Strafe» dafür auf mich zu nehmen. Ich trage die Verantwortung für mein Leben schließlich selbst und muss mir alle Fehler eingestehen. Ich alleine trage diese Last! Ich gewährte dem Teufel einmal Zuflucht und er nistete sich gleich in meine Seele, fast lebenslänglich, ein. Die Verlockung war groß und mächtig, doch die Last der Sünden übertrifft diese große Macht. Ich kann diesen Zustand nur als die Hölle auf Erden beschreiben. Es ist viel mehr als nur eine Last oder eine Qual.

1971 bin ich in einem arabischem Land in Nordafrika auf die Welt gekommen. Die Landesreligion war der Islam. Auch ich wuchs mit diesem Glauben auf, allerdings in einem anderen Land, auf einem anderen Kontinent. Europa! Ich glaube, es war der sogenannte Kulturschock, den ich irgendwann durchmachen musste! Schließlich herrschte dort ja nicht nur eine andere Weltreligion, sondern eine ganz andere Lebenseinstellung. Die Menschen hatten auch noch andere Gewohnheiten, die meine Eltern natürlich nicht kannten. Meine

Eltern waren nicht sehr islamisch eingestellt, nur wenn Sie in der Heimat waren. Das war nicht ehrlich, doch macht man sich als Kind keine Urteile über das Verhalten der Eltern. Heute schon! Meine Eltern hatten gegen jedes islamische Gebot oder Verbot verstoßen, hielten sich jedoch für fromm. Da sie den Fastenmonat Ramadan einhielten, dachten sie, den Rest des Jahres über alles machen zu dürfen. Allerdings nur in den eigenen vier Wänden. Schweinefleisch, Wurst, Salami, alles wurde täglich gegessen. Draußen spielten wir die Frommen. Ich war zwar ein kleines Mädchen, aber ich war von Gott fasziniert. Meine Eltern hielten es manchmal für übertrieben, was mich jedoch nicht im geringsten beeinflusst hatte. Entschuldigung, aber ich war regelrecht in Gott verliebt, den, der bei uns eigentlich Allah hieß. Kurz nach meiner Einschulung geriet ich zum ersten Mal in eine religiöse Krise. Da ich nie eine Koranschule besucht hatte, weil es auch keine in unmittelbarer Nähe gab, wollte ich mein Wissen mit Hilfe des Religionsunterrichts erweitern. Ich musste meine Neugierde nach Gott irgendwie stillen und bat damals den Lehrer, mich am Religionsunterricht teilnehmen zu lassen. Ich persönlich sah da kein Problem. Mein Lehrer schon! Als «Mohammedanerin», wie man mich damals bezeichnete, war ich automatisch vom Religionsunterricht befreit. So ganz selbstverständlich. Übrigens, kennen Sie ein Kind das morgens länger schlafen könnte, aber lieber zur Schule gehen wollte? Jetzt ja. Mich! Der Lehrer fragte mich, ob meine Eltern nichts dagegen hätten und ich antwortete mit voller Überzeugung: »Nein, natürlich nicht. Warum auch?« Dumme Frage dachte ich damals noch. Er ließ mich teilnehmen. In meiner ersten Stunde ließ er alle Schüler ihre Glaubensrichtungen aufsagen.

Da ich den letzten Platz hatte, kam ich dementsprechend dran. Vor mir hörte ich den mir schon damals bekannten Begriff »Katholisch«, was ich unumstritten nicht war. Das hatten mir ja bereits meine Eltern zu genau erklärt. Den Unterschied dachte ich verstanden zu haben. Zwei der restlichen Stimmen sagten jedoch »Evangelisch«. Uuuups! Was war denn das? Das hatte ich noch nie vorher in meinem Leben gehört. Ich wusste nicht mal, ob meine Mitschüler wussten, was der Islam war. Ich hatte echt Angst, ausgelacht zu werden, wenn ich was Falsches sagen würde. Schließlich hatte ich keinen der Schüler aufsagen hören: »Ich bin Moslem». Mein Herz pochte, da ich keine Außenseiterin sein wollte. Als ich an der Reihe war, schoss es aus meinem Mund, wie aus einem Kanonenrohr: «Ich bin evangelisch!» Die Kinder hätten es einfach so angenommen und ich wäre akzeptiert gewesen, wäre da nicht der Spielverderber, der plötzlich anfing, laut zu lachen. Der Lehrer! Heute könnte ich ihm verzeihen, damals habe ich ihn nur noch gehasst. Die ganzen Jahre. Er sagte, nachdem er seinem Lachkrampf Herr geworden war: «Nein Kind, du bist arabischer Herkunft. Du bist eine Mohammedanerin. Und ich denke, du solltest doch noch mal deine Eltern fragen. Schau, wir glauben an Jesus und ihr an Mohammed. Ihr habt einen ganz anderen Glauben als wir». Warum nahm er nicht gleich ein Messer und stach zu, waren bestimmt meine Gedanken damals. Heute würde ich ihm sagen, dass ich zwar an Mohammed glaube, aber keine Mohammedanerin bin. Wir sind Moslems. Ein Moslem lehnt es strengstens ab, Mohammedaner genannt zu werden. Damals fehlten mir nicht nur die Argumente, sondern auch das Wissen und die Erfahrung, um mit diesem komischen Kerl eine Diskussion anzufangen. Da ich ein sensibles Kind war, brach damals die Welt für mich zusammen. Und ich wurde auch noch für die restlichen Grundschuljahre zum Gespött der Schule.

Aber das Beste kommt noch! Als ich meinen Eltern an diesem besagten Tag von meinem Leid berichtete, erntete ich statt Mitleid nur böse Beschimpfungen und Schuldzuweisungen. Ich war dann davon überzeugt, dass mich Allah für den Besuch des Religionsunterrichts bestrafen wollte. Es machte sich aber auch niemand die Mühe, mir damals die Unterschiede zu erklären. In meinem «Kinderlexikon» gab es plötzlich ein unerklärtes neues Wort. »Evangelisch«. Noch eine Religion, also auch ein Gott mehr im Himmel! Und ich hielt damals drei Religionen schon für zuviel. Wie vielen Kindern, war auch mir die Vielfalt der verschiedenen Glaubensrichtungen nicht bekannt. Und doch war ich so geschockt. «Denn diese Götter da oben mussten ja so verfeindet gewesen sein», reimte sich mein Kinderkopf zurecht, «dass die Menschen der einen Religion nichts mit Menschen der anderen zu tun haben wollen!» Ich war entsetzt. Götter als Krieger, Religionen als Waffen, Menschen als Vollstrecker. Entsetzlich! Ich konnte und wollte nicht tatenlos zusehen oder gar mitmachen. Nur besaß ich als kleines Mädchen wenig Macht, etwas daran zu ändern. Das konnte nur ein Erwachsener, aber die schienen ihren »Kampf«, den sie »Glauben« nannten, einfach so zu akzeptieren. Zu akzeptieren? Nein, nicht zu akzeptieren, sondern regelrecht zu verteidigen, zu versüßen, zu veredeln, wie auch immer. Paradoxerweise waren ihre Waffen Hass, Vorurteile und anderer Gedankenmüll. Ihre Ziele: Verbreitung und Vermehrung ihres Königreiches. Egal wer da oben jetzt wirklich herrscht, ich denke nicht, dass es in seinem Sinne wäre. Dies ist meine persönliche Meinung. Mit meinen Eltern und Geschwistern darüber zu sprechen, gab ich schließlich auf, wenn auch nach sehr vielen Versuchen. Ausweglose Situation. Allah war und ist für sie der Größte, was sie eigentlich ja auch selber für sich ausmachen müssten. Gott ist auch für mich der Größte, doch hasse ich dafür doch nicht die, die einen anderen Glauben haben als ich. Mit meinen Freunden kam ich auch zu keinem vernünftigeren Ergebnis. »Wir Mohammedaner« würden den Boden küssen und mit den Händen essen. Ich verteidigte mich mit Worten wie »Schweinefresser, Ungläubige« oder so etwas in der Art. Vielleicht sogar noch schlimmerem. Der Respekt zu meinen Eltern und der Stolz auf meine Wurzeln trieben mich dazu, mich einfach damit abzufinden und den Islam als meine Religion anzuerkennen. Schließlich hatte mir der Lehrer klar gemacht, dass ich anders war und nicht zu Gott gehörte, sondern zu Allah. Als Kind erklärte ich seine schwachsinnige Theorie für logisch. Man hatte mich halt nicht eines Besseren belehrt! Doch waren meine Lehrer, und damit beziehe ich auch meine Eltern und damaligen Freunde mit ein, selber nicht anders belehrt worden. Es wird von Generation zu Generation weitergegeben und ist zutiefst in jedem Einzelnen verwurzelt. Aber irgendwie nicht in mir. Denn trotz meiner großen Bemühungen, soweit wie möglich eine treue Moslime zu werden, bemerkte ich immer wieder dieses Gefühl, dass das nicht meinem Denken und meinen Vorstellungen von dem da oben entspricht. Ich war mir ganz sicher, dass es nur einen Gott - oder meinetwegen auch Allah - gab, denn ich wusste bereits sehr gut über unsere Galaxie Bescheid. Und wenn es nur eine Erde gab, herrschte auch nur einer. Ich dachte, damit ihn die unterschiedlichen Menschen verstehen sollten, sandte er seine Kinder auf die Erde, um die Menschheit auf den richtigen Weg zu bringen. Dass der eine Mohammed, einer Jesus und der andere sonstwie hieß, spielte für ihn, unseren Vater, keine Rolle. Warum sollte ich mich eigentlich beeinflussen lassen, dachte ich und ließ in meiner kindlichen Naivität, jeden denken, ich sei eine wahre Moslime. Hätte ich mich geoutet, dass ich an keine bestimmte Religion mehr glaubte, sondern nur noch an Gott, wäre ich durch ihr Unwissen nur bestraft worden. Keiner hätte mich verstanden und meinen Eltern hätte ich mit dieser Einstellung das Herz gebrochen. Ich verschloss mich in dem Punkt und bekannte mich, gezwungenermaßen, zum Islam, um nicht ganz aus dem Rahmen zu fallen. Sie werden lachen, aber das fühlte ich schon im zarten Alter von ungefähr acht. Plötzlich überkam mich das dumme Gefühl, dadurch dass ich anders dachte, ich sei etwas Besonderes. Ich dachte, ich hätte Kontakt zu Gott bekommen und steigerte mich unheimlich rein. Zumindest bis zu meiner Jugend, denn da begann ich meine »Begegnungen« in die Zufallsschublade einzuordnen. Da ich nie eine richtige oder passende Erklärung fand, versuchte ich es mit den Jahren zu vergessen, zu verdrängen. Doch in letzter Zeit häufen sich diese sogenannten Zufälle wieder stark an, nur suche ich heute keine Erklärung mehr. Ich nehme diese Gabe einfach an und genieße sie eigentlich. Fragen Sie mich bitte nach nichts Konkretem. Da ich nicht alles preisgeben kann, verrate ich Ihnen drei harmlose Zufallsdinge, obwohl eines davon bedauerlicherweise gar nicht so beeindruckend verlief. Doch muss ich Ihnen davon berichten, damit Sie sich ungefähr vorstellen können, was ich meine.

Ich war zehn Jahre alt und meine Eltern reisten mit uns, wie jedes Jahr, in die Heimat, wenn es Sommerferien gab. Den Wunsch nach einem eigenen Haustier hatte ich, solange ich mich erinnern konnte. Doch waren meine Eltern arm und nicht besonders sozial eingestellt, um mir meinen lang ersehnten Vogel zu kaufen. Der Gedanke, dass ein Vogel hoch hinauf zum Himmel fliegen könnte, um ganz nah bei Gott zu sein, saß fest in meinem Kopf. Der Besitz eines Vogels schien mir als die einzige Möglichkeit, schriftlichen Kontakt zum Herrn zu erlangen. Vielleicht würde sich so eines Tages meine Sehnsucht nach Gott stillen lassen. In diesem Sommer sollte sich mein Traum doch erfüllen. Das nahm ich mir ganz fest vor und vertrat diese Meinung gegenüber jedem Familienmitglied schon lange vor dem Urlaub. Ich beschloss, egal wie auch immer, mir dann halt einen Vogel zu fangen, auch wenn ich eigentlich dagegen war, Tiere in Gefangenschaft zu halten. Nicht aber gegen artgerechte Tierhaltung. Dass man sich nicht einfach so ein Tier fangen durfte, war mir wohl bewusst, doch hatte mein Traum kindlichen Vorrang. Ich dürfe sogar den Vogel behalten, wenn mir der «Fang» gelingen würde, wurde mir tatsächlich versprochen. Ich hielt es, da meine Eltern wirklich arm waren und mir meinen Wunsch nicht dadurch erfüllen konnten, dass sie mir einen Vogel kauften, für die erste faire Entscheidung. Allerdings auch die einzige, wenn ich die Sache heute betrachte, aber für meine Eltern war es sicherlich schwer, immer die richtigen Entscheidungen zu treffen, bei der großen Anzahl an Kindern. Sie hatten es wahrscheinlich schwerer gehabt als wir Kinder. Auf jeden Fall begann ich mir im Urlaub die Frage zu stellen, wie ich den Vogel, ohne ihn zu verletzen, fangen könnte. Ich wusste mir absolut keinen Rat und suchte ihn daher beim lieben Gott. Ich glaubte ganz fest an ihn und betete wirklich intensiv: »Lieber Gott, wenn Du mich genauso lieb hast wie ich Dich, dann schenk mir einen Vogel, damit ich weiß, dass es Dich wirklich gibt. Aber einen braven, der nicht von mir wegfliegen will, weil ich keinen Käfig für ihn will. Ich werde bestimmt gut für ihn sorgen. Bitte, ja?« Ich fand die Idee gut, obwohl ich nicht so recht daran glaubte. Ich bat ja schließlich um ein Wunder. Doch so etwas gab es doch nur im Märchen. Ich hatte wahrscheinlich doch zu viele Bücher von den Gebrüdern Grimm gelesen, die ich früher so geliebt hatte. Einige Tage vergingen und ich vergaß schon mein Gebet. Es war schrecklich heiß an dem Tag und wir Kinder, aus der ganzen Nachbarschaft, spielten in dem sehr kleinen Park auf der anderen Straßenseite, weil es dort besonders schattig war. Die Großen hielten immer Siesta. Wir konnten toben, wie wir nur wollten. Da ich eine leidenschaftliche Baumkletterin war, nutzte ich immer diese Zeit, um auf die Bäume zu klettern. Als islamisches Mädchen durfte ich nicht klettern, nicht toben, und nicht mit Jungen spielen. Aber zurück zum Thema. Als ich so auf einem Baum saß und den anderen beim Spielen zuschaute, überkam mich ein merkwürdiges Gefühl und irgendetwas sagte mir, ich solle runtersteigen und mich von der Kinderschar entfernen. Das tat ich auch. Ich fühlte mich sehr seltsam, nicht krank. Ich bekam sogar Angst vor diesem Gefühl und wollte nur noch schnell nach Hause. Auf dem Weg zum Ausgang des Parks hörte ich plötzlich ein Piepsen. Meine Angst verflog und ein unheimliches Glücksgefühl schoss durch meinen Körper. Ich fühlte, dass das Piepsen mein neuer Freund werden würde. Ich folgte den Tönen und musste gar nicht lange suchen. Da lag er dann, fast nackt noch, und drohte zu verdursten bei der Hitze. Er musste aus seinem Nest gefallen sein. Gut dass ich ihn gefunden hatte. Nein, nein, nicht nur weil ich ja unbedingt einen haben wollte, nein. Hätten ihn nämlich die anderen Kinder gefunden, hätten sie ihn zu Tode gequält. Es war halt so in den arabischen Ländern! Ich lief, mit dem Vogelküken in den Händen, so schnell ich konnte nach Hause. Ich war völlig außer mir. Ohne Rücksicht auf Verluste weckte ich jeden zu Hause, damit sie diese Freude mit mir teilen sollten. Sie fühlten sich in ihrem Mittagsschlaf gestört und schrieen mich wirklich laut an. Aber mir war es zum ersten Mal egal. Nicht weil ich den Respekt verloren hätte, sondern weil niemand mir dieses Gefühl ruinieren konnte. Ich hätte die ganze Welt umarmen können. Ich fühlte mich erhört und geliebt, von Gott! Ich war zu dieser Stunde das glücklichste Kind auf Erden. Nachdem meine Familie aufgewacht war, zeigte ich ihnen mein neues «Baby» und sie blieben, zu meinem Entsetzen, vollkommen gelassen. Ab und an hatte mich einer von ihnen ausgelacht oder mich aufgezogen. Tja, einen Vogel draußen gefunden. Ein Wunder schien es wirklich nicht zu sein, aber die Freude ließ mir keine Zeit, mir über so etwas den Kopf zu zerbrechen. Ich war voller Zuversicht und Hoffnung, auch nachdem mir jedermann geraten hatte, mich nicht an den Vogel zu gewöhnen. Man gab ihm eine Überlebensdauer von höchstens zwei Tagen. Er überlebte, zu meiner Freude, da ich ihm Brot gab, welches ich vorher in Wasser getränkt hatte und später Körner. Ich schaffte es sogar, ihn mit Würmern zu füttern, obwohl ich mich schrecklich vor den Tieren geekelt hatte. Ich hatte damit wirklich ein Opfer gebracht. Danach habe ich nie wieder einen Wurm angefasst.

Nichtsdestotrotz. Er gewöhnte sich an mich und ich an ihn. Er reagierte sogar auf meine Stimme und folgte meinem Pfeifen. Das Pfeifen verbot mir meine Mutter aber schnell wieder, da eine Nachbarin mich ausgelacht hatte. Ach ja, auch das Pfeifen oder laut Lachen war und ist dem weiblichen Geschlecht nicht gestattet. Ach, könnte ich mich doch wieder an seinen Namen erinnern! Er wurde flügge, war aber treu. Er hüpfte immer piepsend hinter mir her und unternahm ab und zu ein paar Flugversuche. Wenn er müde wurde, machte er es sich auf meinen Schultern bequem. Ich musste dann ganz still sitzen, damit er schlafen konnte. Leider musste ich immer zwei Mal täglich den Boden wischen, spülen und aufräumen. Es blieb immer an mir hängen. Meine Mutter hielt dann immer Kaffeeklatsch mit den Nachbarinnen. In dieser Zeit musste ich ihn leider dann doch in einen Käfig stecken, den ich von meiner Tante geliehen bekam! Es brach mir zwar das Herz, aber das war zu seiner eigenen Sicherheit, da in unserer Heimat die Haustüren meistens offen standen. Meine Eltern waren über meine Fürsorge nicht sehr glücklich und mein jüngerer Bruder erblasste fast vor Neid. Denn der Einzige, den ich mit meiner liebevollen Versorgung erfreute, war der kleine Vogel. Denn je mehr ich ihn umsorgte, desto gehorsamer wurde er. Sogar nach seinem ersten selbstständigen Flug, kehrte er schnell wieder zurück und landete auf meinen Schultern.

Ich sorgte überall für unterschiedliche Aufregung. Viele bewunderten die Sache, andere belächelten es nur, andere aber beschimpften mich. Die Menschen hatten vorher noch nie ein Mädchen gesehen, »das einen Vogel hatte«. Einige besorgte Angehörige rieten mir sogar, den Vogel nur noch im Käfig zu halten. Immerhin war er ein wilder Vogel, meinten sie. Ich ignorierte solche Bemerkungen einfach. Gegen seinen Willen wollte ich ihn auf keinen Fall halten! Sollte er den Drang nach echter Freiheit verspüren, könnte er jederzeit seinem Instinkt folgen. Er alleine sollte entscheiden, wann es an der Zeit für ihn war, dachte ich, obwohl ich innerlich gehofft hatte, dass er natürlich lieber bei mir bleiben wollte. Die Idee, durch ihn Kontakt zu Gott erreichen zu können, hatte ich natürlich schon längst vergessen, bei all der Hausarbeit und Vogelpflege. Ich hatte die ganze Zeit gehofft, er würde mich nie verlassen. Und sollte er doch fortfliegen, dann wollte ich so gerne dabei sein. Um Abschied zu nehmen, versteht sich.

Der Tag, an dem er verschwand, ließ nicht lange auf sich warten. Auf und davon war meiner kleiner Freund eines Tages. Doch unser Abschied war eher eine Strafe für mich. Ich war schrecklich traurig und verzweifelt, aber vor allen Dingen war ich sehr enttäuscht. Ich beschuldigte ihn der Untreue, weil ich mir immer wieder dachte, dass ich mir so viel Mühe gemacht hatte und er verließ mich einfach so heimlich. Ich hätte ihn doch nie gegen seinen Willen gehalten, oder ihn eingesperrt, warum hatte er sich dann nicht von mir verabschiedet? Ich konnte es damals alles nicht begreifen, war unheimlich verletzt und genau das wurde von meiner Familie benutzt, um mich total lächerlich zu machen. Sie machten Bemerkungen und lachten mich öffentlich aus. Es tat mir wirklich weh, aber ich ließ mir nichts anmerken. Ich war nicht nur sehr sensibel als Kind, nein, ich hatte auch einen mächtigen Stolz. Ich wollte ihnen diese Genugtuung einfach nicht gönnen, und spielte die Starke. Naiv, nicht wahr? Nachts weinte ich heimlich und die Siestazeit verbrachte ich sogar freiwillig im Haus.

Drei Tage später, also einen Tag vor unserer Abreise, hörte ich etwas, was mich für das ganze Leben prägte. Meine Mutter erzählte meiner anderen Tante, die schon einige Tage nicht mehr zu uns gekommen war und sich an diesem Tag von uns verabschieden wollte, dass sie meinen Vogel zwischen Wand und Bett erdrückt hatte. Sie erzählte es lachend und munter. Und ich hörte mir noch an, wie sie weiter stolz berichtete, wie sie ihn heldenhaft in den Müll geworfen hatte, damit ich ihn nicht finden konnte. Oh, mein Gott, dachte ich mir, er ist gestorben, pardon, ermordet von der eigenen Mutter, und ich konnte ihn nicht begraben. Ich war so wütend auf meine Mutter und vergaß mich. Sie war erst völlig erschrocken, weil ich ja alles mitgehört hatte, aber nachdem ich meine Wut herausgeschrieen hatte, bekam ich die Retour. Sie schrie mich laut an und sagte, ich wäre das respektloseste Kind und dass ich dafür meine Bestrafung vom lieben Gott noch erhalten würde. Ich käme dafür direkt in die Hölle und müsste auf Glut laufen, bis ich verbrennen würde. Dabei war ich doch nur wütend und hatte sie harmlos angeschrieen. Sie sei eine Vogelmörderin und dass ich Tierquäler hassen würde, waren meine Worte. Mein Gott , ich war ein Kind und war total verletzt. Ich hatte nur Wut im Bauch, weil sie wirklich wusste, wieviel mir dieses Tier bedeutet hatte, und das versuchte ich ihr auch noch zu erklären. Sie hörte nicht hin und beschimpfte mich weiter, ich wäre nicht mehr ganz normal im Kopf gewesen. Jeden Versuch, mich bei ihr zu entschuldigen, wies sie ab. Es war zu spät für eine Entschuldigung, sagte sie. Ich hatte sie sicherlich verletzt, befürchtete ich und hatte nicht nur schreckliche Schuldgefühle, nein, ich bekam monatelang schlimme Albträume, weil ich Angst vor der Hölle hatte.

Eines Tages, beim wöchentlichen Schulschwimmunterricht, geschah etwas, was ich mir nie erklären konnte. Ich hatte einen kleinen Unfall und sollte mich in einem Liegeraum etwas von dem Schock erholen. Ich war allein da drin und sollte da nicht raus gehen. Ich bekam aber diese Angst wieder, dass ich in die Hölle musste. Plötzlich hörte ich eine Stimme aus dem Nachbarraum, der mit einem Plastikvorhang abgetrennt war. Ich hörte es ganz deutlich. Sie sprach: »Du musst doch keine Angst haben. Als ich so klein war, hatte ich auch Angst vor der Hölle. Aber wenn du an Gott glaubst, musst Du vor nichts mehr Angst haben. Gott liebt Dich genauso, wie du ihn, glaub' mir, ich weiß das.« Ich fragte noch diese ältere Stimme, die einer weiblichen Person gehören musste: »Wer sind Sie und woher...?« Sie unterbrach mich: »Woher ich das alles weiß? Ich kenne dich sehr, sehr gut. Du bist all die Jahre wie mein eigenes Kind für mich gewesen! Ich weiß alles über dich. Glaub mir, wenn ich dir sage, dass du niemals Angst vor Gott haben musst, auch ihn kenne ich sehr gut.« Ich wollte ihr einfach glauben, weil sie sehr vertrauensvoll klang. Sie hatte eine liebevolle Stimme und ich traute mich sogar aufzustehen, um der Dame im Nachbarbett einen kleinen Besuch abzustatten. Und um ganz ehrlich zu sein war ich neugierig, wer diese Frau ist, die anscheinend mehr über mich wusste, als meine eigene Mutter. Doch ich war völlig erschrocken, als ich das Nachbarzimmer betrat. Da war niemand, ob Sie es jetzt glauben oder nicht! Und ich hatte plötzlich keine Angst mehr, nein, ich geriet in Panik und dachte, es würde in dem Hallenbad spuken. Ich lief schreiend aus diesem Liegebereich und suchte schnell Schutz bei meiner Lehrerin, die mich krampfhaft versuchte zu beruhigen. Ich konnte ihr vor lauter Aufregung nicht sagen, was los war. Ich war völlig hysterisch und war am nächsten Tag doch froh, dass ich ihr das nicht erzählt hatte. Jeder hätte mich doch nur ausgelacht und für verrückt erklärt, dachte ich, als ich zur Besinnung kam. Auch meinen Eltern hatte ich nichts erzählt, da ich die Sache selber nicht glauben konnte.

Einige Zeit verging und ich hatte den Vorfall schon fast vergessen. Wir waren fünf Freundinnen, die, bis auf eine, alle noch ältere Schwestern hatten. Beim Spielen ärgerten wir harmlos eine unserer Freundinnen. Sie lief schnell nach Hause und holte ihre ältere Schwester. Das war gegen unseren »Ehrenkodex«! Und bevor wir unseren Schwur brachen, nahmen wir lieber unsere Beine in die Hand und rannten vor der wütenden Schwester davon, die uns mit Schlägen drohte. Kurz vor der Erschöpfung blieb ich plötzlich stehen, drehte mich zu ihr um und brüllte mit letzter Kraft: »Sterben sollst du, du Hexe! Warum packst du dir kein größeres Mädchen, eine die sich auch wehren kann.« Sterben sollst du, hatte meine Mutter sonst zu mir gesagt, wenn sie wütend auf mich war. Und, ich lebte schließlich ja noch. Also konnte es eigentlich gar nicht so schlimm gewesen sein, dachte ich abends in meinem Bett. Wirklich gewünscht hatte ich ihr das sowieso nicht. Es war mir mehr so rausgerutscht. Ein unüberlegtes Handeln, das bittere Folgen mit sich brachte. Da ich, vor dem Schlafengehen, meinen Eltern von dem kleinen Zwischenfall berichtete, versprachen sie, dass sie am nächsten Tag, mit ihren Eltern sprechen wollten. Am folgenden Tag hoffte ich eigentlich ausschlafen zu können, da es ein Sonntag war. Zu früher Stunde wurde ich jedoch aus dem Schlaf gerissen. Von meiner Mutter, die völlig aufgebracht war. Was ich dann von ihr erfuhr, stellte mein Leben völlig auf den Kopf!

In derselben Nacht fand man die Leiche unserer Nachbarstochter. Sie wurde nach der Disco mit sechsundzwanzig Messerstichen ermordet und in ein Freibad geschmissen. Ihre Familie trug Trauer und ich litt mehr als jeder andere, denn mich plagten die Schuldgefühle. Meine Familie verstand das aber nicht. Sie schienen mir so gefühlskalt zu sein. Sie waren der Meinung, dass nur schlechte Mädchen in die Disco gehen würden. Mit anderen Worten sagten sie eigentlich, dass sie es nicht anders verdient hätte. Grausam, nicht wahr? Ich hatte ihr mit Sicherheit nicht den Tod gewünscht und bestimmt kein Unheil. Ich war doch nur wütend auf sie, weil sie viele Jahre älter war als ich. Es verfolgt mich eigentlich bis heute, obwohl mir bewusst ist, dass ich nichts mit ihrem Tod zu tun hatte.

Damit Sie jetzt nicht den Eindruck von mir bekommen, ich ritte auf einem Besen, erzähle ich Ihnen noch ein positiveres Erlebnis. Da ich anfing zu glauben, ich hätte irgendwelche übersinnlichen Kräfte, wollte ich eines Tages meine mentalen Kräfte erspüren, da ich eine Erklärung finden wollte. Ich betone jedoch, dass ich weder an Hexerei, noch an irgendeinen Hokuspokus glaubte oder glaube! Ich war von der Macht Gottes überzeugt und dass er der Schlüssel zu deinem Glück oder Pech war. Aber wie und warum konnte ich nicht genau sagen. Wie auch, in dem Alter. Meine Neugierde wuchs von Tag zu Tag. Ein unwiderlegbarer Beweis sollte her und kein Zufallseffekt. Außerdem wollte ich mir wirklich was Gutes wünschen. Ich überlegte mir sehr gut, was ich wünschen sollte. Dann kam ich darauf. Die Verdoppelung eines Geldstücks, sollte mir Gottes Liebe beweisen. Klingt eigentlich doch schon wie ein bisschen Hokuspokus. Doch glaubte ich, wenn er mich tatsächlich lieben würde und mich immer hören könnte, dann müsste er mir das wohl beweisen können, schwirrte mir die ganze Zeit im Kopf herum. Anders wollte ich dann sonst nicht mehr an ihn glauben, wenn ich ja nur schlechte Sachen durch ihn erfahre. Mit dem Geld in der Hand verließ ich das Elternhaus, um draußen alleine mit Gott zu sprechen. Ich ging in den Spielplatz gegenüber von Zuhause, zu einer Uhrzeit, an dem der Spielplatz fast immer leer stand. Tagsüber, natürlich (ha, ha). Ich ging, wie immer, auf mein Stammklettergerüst, ließ mich kopfunter hängen und begann zu beten. In meinem Kletterelement hatte ich immer die beste Konzentration erlangt. Und das die Konzentration das Wichtigste ist, war mir schon damals klar, da ich unsere Schulbibliothek bereits «ausgeplündert» hatte, um mir alles selber über Gott und Parapsychologie beizubringen. Die Erwachsenen hatten dafür anscheinend ja kein bisschen Motivation, um mir zu helfen, Gott näher zu kommen. Also hatte ich mir alles ausgeliehen, was mich bei meiner Suche nach Gott unterstützen konnte. Aber wie gesagt, begann ich zu beten und zu beten. Ich flehte ihn regelrecht an, mir zu beweisen, dass er mich wirklich lieben würde und dass ich nicht in der Hölle schmoren müsste. An ein Resultat hatte ich aber nicht so richtig geglaubt. Aber ich wollte einfach eine Bestätigung, dass dies alles nur Einbildung war. Unter mir sah ich den Sandkasten. Ich ließ das Geldstück fallen und sprang direkt hinterher, aber eigentlich um meine Münze nicht zu verlieren. Doch siehe da, zwei Geldstücke lagen vor mir. Zufall? Ich weiß es nicht, aber damals sprang ich vor Freude fast in die Luft. Nicht nur, weil ich dann zwei Geldmünzen auf einmal hatte. Das Gefühl, dass ich doch geliebt wurde war einmalig und gewaltig. Ich lief nach Hause, erzählte von meinem Glück, und --- ja, ich wurde nicht nur gründlich ausgelacht, sondern als dumm, naiv und ganz schön verstört bezeichnet. Das Kinderzimmer war der Hafen meiner Tränen, die ich versuchte zu unterdrücken. Ich hörte, wie sie laut über mich lachten und mich manchmal mit «Die Auserwählte» titulierten. Meine Mutter hatte mir vorher erklären wollen, dass Gott bestimmte Menschen auserwählen würde, um ihnen eine Gabe zu schenken. Aber diese Menschen wären Heilige und ich würde nur Gotteslästerung begehen, da ich noch klein wäre und noch nicht mal den Koran gelesen hätte. Abgesehen davon, sagte sie noch, dass wir nicht besonders religiös wären. Und als ich sie darum bat, mir den Koran zu besorgen, damit ich eine traditionelle Moslime werde, da schimpfte sie mich aus. Die Regeln seien sehr schwer zu befolgen. Ich verstand die Welt nicht mehr. Auf einer Seite sollte ich brav sein, auf der anderen durfte ich nicht zu fromm sein. Was denn also? Können Sie sich vorstellen, dass mein Leben voller Widersprüche war und ich nicht mehr wusste, was richtig und was falsch war?

Überhaupt dachte meine Mutter, dass sie der geborene Messias war. Sie sprach sich selber schon fast heilig. Sie wäre so ein guter Mensch, eine anständige Frau, hilfsbereit, treu und ehrlich. Sie pflegte den Wunsch, einmal unseren Wallfahrtsort Mekka zu besuchen, da es keine bessere Gläubige gab. Also, sie hatte es nicht genauso gesagt, aber es war mehr als nur deutlich. Ich möchte meiner Mutter nichts unterstellen, aber sie war nie ein gutes Vorbild für uns Kinder. Natürlich hatte ich mit meiner älteren Schwester mal im Urlaub über Mama gesprochen und über ihre übertriebene Dominanz. Meine Schwestern gehen einen Schritt weiter. Sie sind der

Meinung, Mama wäre die größte Lügnerin der Welt und sie wäre ein sehr, sehr schlechter Mensch. Vor ungefähr vier Jahren hatte ich diese Aussage für unbedingt falsch gehalten. Ich glaubte, meine Schwestern würden übertreiben und hielt lieber zu meiner Mutter. Heute muss ich ihnen Recht geben und schlage noch ein Pfund drauf. Mama war eine geldgierige Frau und das Geld war ihr sogar wichtiger als ihre Kinder, Geschwister und ihre Eltern. Schämen brauche ich mich für diese Aussage nicht, denn wenn ich das Gegenteil behaupten sollte, müsste ich lügen. Es tut mir so leid für meine Mutter, aber sie ist fest davon überzeugt, dass sie eine gute Frau ist und gibt uns Kindern die Schuld für ihre Armut.

Ich verbrachte meine Kindheit unter Tränen, die ich heimlich vergoss. Niemand kannte meine Probleme, meine Sorgen, meinen Schmerz und meine Ängste. Nicht einmal meine Freunde. Ihnen spielte ich immer die heile Welt vor, da sie ein gutes Elternhaus hatten und mich nicht verstanden hätten! Und die Angst, die ich hatte, war von meiner Mutter in die Wege geleitet worden. Wenn eines ihrer Kinder etwas machte, was in ihren Augen verkehrt war, drohte sie damit, dass Allah genau die Kinder bestrafte, die nicht auf die Eltern hörten. Nachts kämen dann böse Geister, die einen in ein Reich entführen, dass unter der Erde liegt. Man könnte dort nie mehr entfliehen und man wäre dann der Gefangene des Teufels. Oft hatte sie uns erzählt, sie hätte Erlebnisse mit Geistern gehabt. Ich weiß nicht mehr genau was, aber mir hatte es unheimliche Angst eingejagt. Ich glaubte bis vor kurzem noch an böse Geister, die mich nachts holen würden, obwohl ich schon längst erwachsen war. Nur langsam konnte ich mir diese Angst abgewöhnen. Ein Licht brennt immer bei mir nachts, da ich das Dunkle hasse. Meine jüngeren Geschwister sind noch unter dem Einfluss meiner strengen Mutter, die heute allerdings «cool» geworden ist. Sagen zumindest die, die noch zu Hause wohnen, der Rest ist meine Meinung. Vielleicht hat sie in den Jahren etwas dazugelernt und dadurch ruhiger und netter geworden. Es kann aber auch sein, dass die anderen meine Mutter erst später, so wie ich, durchschauen werden. Wie gesagt, sie hämmerte uns immer ein, sie wäre die beste Mutter der Welt und damals wollte ich auch nichts anderes sehen, da sie halt unsere Mutter ist. Damals war ich auch blind und aus Angst vor Geistern tat ich alles, was sie wollte. Ja, mich hatte es am schlimmsten erwischt. Die Angst vor der Versklavung durch den Teufel machte mich zur Sklavin meiner Mutter. Ihre Gehirnwäsche hatte also funktioniert. Bravo, Mama!

Den Glauben an Gott hatte ich dann auch verloren. Wie dieser Verlust zustande kam, weiß ich nicht genau. Es war ein langsamer Prozess. Denn mit dem Erwachsenwerden stiegen meine Probleme und der Einfluss meiner Mutter nahm zu. Sie besaß mich. Sie befahl, ich sprang. Sie schrie und ich weinte. Sie wünschte und ich versuchte ihr alles zu erfüllen. Ich wollte nur ihre Liebe und bekam jeden Tag Ärger, ob von ihr, oder von meinem Vater, dem ich ein Dorn im Auge war. Warum er mich gehasst hatte konnte ich nie begreifen. Ich hatte ihm nie was Böses angetan, aber er mochte mich einfach nicht. Ich verlor auf jeden Fall die Zuversicht an Gott. Mein Leben wurde schwerer und qualvoller. Ich verlor eigentlich die Lust am Leben. Egal wie hart ich mich angestrengt hatte, ein guter Mensch zu sein, oder was Gutes zu tun, meine Mutter wusste es zu verhindern. Ich sollte nur das tun, was sie angeordnet hatte, und keine

Widerworte, wohlbemerkt. Meine Träume, Wünsche und Gefühle waren ihr gleichgültig. Ich wuchs zu einer Marionette heran und war meiner Mutter vollkommen hörig. Sie zwang mich unbewusst dazu, denn sie kannte keine andere Erziehungsmethode. Ihr Stiefvater war sehr streng zu ihr und sie wurde bereits mit 13 Jahren verheiratet. Sie erzählte uns früher oft von ihrem schlechten Elternhaus und wie schwer sie es erst bei den Schwiegereltern gehabt hatte. Und dass mein Vater, der immer bei solchen Gesprächen dabei war und es bestätigt hatte, sie jahrelang mit einer anderen Frau betrogen hatte. Sie hatte davon gewusst, aber er zwang sie, es zu akzeptieren. Damals hatte sie keine andere Wahl, sagte sie immer. Sie sagte oft genug im Beisein meines Vaters, dass sie sich einen anderen Ehemann ausgesucht hätte, wenn sie damals nicht so jung gewesen wäre. Meinen Vater hätte sie nie genommen. Meistens lachte er nur und erklärte uns, dass Liebe immer erst wachsen müsse. Ihre Liebe kam sehr spät, sagten sie. Warum sich die Situation doch mit den Jahren umgedreht hatte, wusste keiner von uns Kindern. Ich hatte da so meine Vermutungen, aber das bleibt mein Geheimnis. Beweisen könnte ich es sowieso nicht, also bewahre ich darüber Stillschweigen.

Ferner war ich ohnehin das Ventil für ihre verbalen Aggressionen. Es gab nichts, wofür ich nicht zu Unrecht beschuldigt wurde, oder sogar bestraft. Mein Vater spionierte mir fast überallhin nach. Er glaubte, dass ich mit Jungen rummachen und rauchen würde. Er versteckte sich irgendwo in meiner Nähe und passte auf. Und wenn ich ihn, nachdem ich ihn erwischt hatte, zu Hause zur Rede stellte, schrie er mich furchtbar an. Ob ich etwas zu verbergen hätte und er könnte machen, was er wollte, ich müsste nur den Mund halten. Ich war jahrelang das Opfer seiner Depressionen und verbalen Wutanfälle, die manchmal tagelang anhielten. Ich fühlte mich für alles schuldig, wusste aber niemals warum. Ich bekam einfach für alles die Schuld. Aber das Allerschlimmste war, dass mein Vater, wenn meine Mutter im Urlaub war, nachts immer stundenlang an der Kinderzimmertür stand und spionierte, wie ich schlafe, oder ob ich schlafe, ach ich weiß es nicht. Er sagte immer, er dürfte gucken wann er wollte, denn ich wäre ein verdorbenes Kind, das man 24 Stunden bewachen müsste. Ich hatte ihm wirklich nie den Grund für solche Taten gegeben. Ich litt unter seinen derben, übertriebenen, ungerechtfertigten Beschuldigungen. Sie fraßen mich innerlich auf. Ich wurde als Lügnerin hingestellt, wenn ich sie vom Gegenteil überzeugen wollte. Man glaubte mir nichts. Doch mein Vater war gebrandmarkt durch meine zweitälteste Schwester.

Meine älteste Schwester war sehr brav und hatte die Schule abgebrochen, um für unsere Familie zu arbeiten. Sie hatte immer hart für uns gearbeitet. Mit achtzehn hatte sie gegen den Willen meiner Mutter geheiratet. Die zweitälteste dagegen war verdorben und haute mit 16 Jahren schwanger von Zuhause ab. Beide blieben verheiratet in der Heimat zurück. Damals war ich aber schon elf Jahre alt.

So war ich jahrelang die älteste zu Hause und bekam, wie gesagt, alles ab. Meine Eltern hatten einfach nur Misstrauen mir gegenüber, weil sie Angst hatten, dass ich genauso ende wie die zweite Tochter der Familie. So etwas, wie es meine Schwester getan hatte, bricht im Islam die Ehre. Ich glaube, dass das auch der Grund war, warum meine Eltern mich hassten. Ich war nichts wert und sollte all das gut machen, worin meine Schwestern versagt hatten. Was es genau war, weiß ich nicht mehr.

Ich durfte auf jeden Fall nie telefonieren, nicht mehr raus gehen nach der Schule und auch keine Freunde mit nach Hause bringen. Ich war wie eingesperrt, weil sie mir nicht vertrauten, obwohl ich nichts getan hatte. Ich führte dann Tagebücher in meinem Zimmer, las sehr viele Bücher, schrieb Gedichte und lernte fleißig für die Schule. Ich war auch immer Klassenbeste und somit als Streberin verschrien. Ich war sogar dreimal Schulbeste.

Ich wollte es zu etwas bringen, es schaffen, und raus aus dem Ghetto in dem wir groß geworden sind. Ich träumte davon, Ärztin zu werden. Ich ging daher so gerne zur Schule, weil das die einzige Zeit war, in der ich nicht von zu Hause kontrolliert wurde, und weil ich später studieren wollte. Jedoch hatte ja meine Mutter immer noch das letzte Wort daheim. Sie dachte, dass sie alles am besten wusste und konnte und schrieb mir vor, wie lange ich später für sie arbeiten sollte. Auch was ich dann arbeiten sollte und wie mein zukünftiger Mann auszusehen hätte. Und es war alles gegen meine Vorstellungen von der Zukunft. Und wollte ich all meine Wünsche äußern, wurde ich für dumm erklärt. Meine Eltern beherrschten nur ihre Muttersprache, besuchten damals in ihrer Zeit keine Schule, meinten aber Intelligenzbestien gewesen zu sein. Doch meine Wahrheit und Ehrlichkeit wurden immer als Lügen und Vertuschung abgestempelt. Meine Jugendzeit war von daher der reine Alptraum. Mein Vater terrorisierte mich unentwegt und meine Mutter predigte von morgens bis abends, dass ich nach der Schule für die Familie arbeiten müsste.

Ich sollte die Familienehre wieder herstellen und sie von der Armut befreien. Sie wollten alle ihre Wünsche und Zukunftspläne durch mich verwirklichen. Mein Vater war schließlich schon viele, viele Jahre Frührentner, meine Mutter Hausfrau. Mit den Jahren fingen sie an, sich zu verstehen, aber davor hatten sie oft Streit. Sie waren tagtäglich zusammen und hatten nichts anderes zu tun, als mich und mein komplettes Leben zu kontrollieren und über mich zu bestimmen. Wenn meine Mutter einmal jährlich zusätzlich alleine in die Heimat reiste, musste ich auch noch ihre Arbeit gezwungenermaßen übernehmen. Kochen, Putzen, Waschen, Spülen, Schule und meine Geschwister versorgen waren dann an der Tagesordnung. Ich vermisste sie oft, aber das war ihr egal. Sie hatte es jedes Jahr getan, ohne Rücksicht auf Verluste. Ich war ihr völlig gleichgültig.

Die Jungen waren das Wichtigste, sie waren ihnen heilig und wurden bedingungslos geliebt. Ich war zum Leben überflüssig. Nachts, wenn ich mal vom Weinen nicht schlafen konnte, hatte ich oft meine Eltern gehört, wie sie lästernd über mich sprachen, urteilten und sogar Pläne machten, wie sie mich besser kontrollieren könnten. Da meine Eltern zwei Söhne im Babyalter durch Masern verloren hatten, sagte meine Mutter, dass sie gewünscht hätte, der Tod hätte damals doch lieber mich genommen und nicht meine verstorbenen Brüder. Ich würde doch eines Tages heiraten und weggehen. Die lebenden Jungen dagegen sollten später das Haus in der Heimat bekommen. Wir Mädchen sollten keinen Anteil bekommen, da sonst ja auch ihre «bösen» Schwiegersöhne dadurch profitieren würden. Sie hassten ihre Schwiegersöhne und so vergaßen sie ihre Töchter, die noch ärmer in der Heimat lebten. Auch meine Schwester, die jahrelang gearbeitet hatte, wurde vergessen. Sie lästerten nachts auch über sie und über den Rest unserer Verwandtschaft. Ach, Bekannte blieben auch nicht aus. Jeder war schlecht in den Augen meiner Mutter. Aber ich war in den Augen meines Vaters der Teufel. Warum, werde ich wohl nie erfahren.

Mir brach es fast das Herz, wenn ich sie nachts mal wieder wirklich zufällig belauscht hatte. Ich wollte es bestimmt nicht hören. Aber wir schliefen mit offenen Schlafzimmertüren, weil mein Vater es so befohlen hatte. Damit sie hören konnten, was wir machten. Dabei hörten wir sie immer. Egal wobei, falls sie verstehen, was ich meine. Sie waren rücksichtslos laut. Ob beim Reden, oder bei sonst welchen Beschäftigungen. Sie dachten wahrscheinlich, dass wir taub waren, da wir Zimmer an Zimmer schliefen. Unverantwortlich! Auch meine Brüder wurden ab und zu von den Geräuschen, die meine Eltern machten, wach. Das war mir jedes Mal so peinlich, weil sie mich dann geweckt hatten um von mir zu erfahren, warum die Eltern solche Geräusche machten. Peinlich, peinlich. Ich musste sie anlügen, dass der Papa keine Luft bekommen könnte, aber sie bräuchten sich keine Sorgen zu machen, da es schnell wieder vergehen würde. Leider dauerte es oft stundenlang. Und das mehrmals in der Woche. Jede Bemühung, ihnen tagsüber zu erklären, besser nachts die Türen zu schließen, war zwecklos. Sie dachten, dass ich dann nachts im Zimmer bei meinen Brüder was anstellen würde. Ich konnte ihnen doch nicht sagen, dass wir alles hören konnten. Einmal hatte ich mich das getraut und meiner Mutter alleine gesagt, ich hätte sie reden hören, nicht worüber, da schrie sie mich an und beschimpfte mich. Jedes Mal probierte ich es nicht zu hören, indem ich mir das Kopfkissen ganz hart auf den Kopf und die Ohren gepresst hatte, doch gebracht hatte es nur eine schlechte Angewohnheit. Ich konnte nur noch mit dem Kopfkissen auf dem Kopf schlafen. Nun ja, in dem Sinne hatte es also nichts gebracht und eine neue Idee musste her. Ich schlief danach sehr gut, wenn nicht einer meiner Brüder mich mal wieder geweckt hatte. Musik aus dem Walkman, über Kopfhörer, war meine einzige Rettung, nicht immer mit anhören zu müssen, wie die eigenen Eltern einen hassten. Abgesehen davon ging das bisschen Taschengeld, das ich bekam, immer für den Kauf der Batterien drauf. Dafür hatte ich, bis auf einige Male, nachts meine Ruhe. Dann träumte ich, während ich Musik hörte, von meiner Traumzukunft. Wenn ich Ärztin werden würde, wollte ich auf den Doktortitel verzichten und in einem der Dritteweltländer praktizieren.

Ich träumte von einem netten Freund und von der Liebe. Nicht dass ich noch nicht verliebt war damals, aber ich durfte mit keinem Jungen was anfangen. So träumte ich Tag und Nacht von diesen Augen und diesem Lächeln. Ich hatte eine ganz bestimmte Vorstellung von meiner zukünftigen Liebe. Mir blieb ja nur das Träumen. Ich versuchte das Verbot einzuhalten, was sehr schwer war. Doch die Angst, erwischt zu werden, war größer. Ich würde meine Eltern nur enttäuschen und sie würden mich bestimmt umbringen, dachte ich immer. Damit gedroht hatten sie oft genug.

Meine jüngeren Brüder und Schwestern hatten dafür etwas mehr Freiheiten. Eigentlich durften sie machen, was sie wollten, alles was mir verboten war. Beziehungsweise durften die Jungen alles machen, das jüngste Mädchen stand zwar auch unter dem mütterlichen Druck, doch genoss sie, als sie in mein damaliges Alter kam, viel, viel mehr das Jugendalter. Sie durfte Discotheken und Kneipen besuchen, wovon ich erst nur geträumt hatte. Ich wurde in dem Alter nicht so behandelt. Mein Zimmer war meine Freizeit, wie Sie wissen. Dafür sind alle anderen drei in Sachen Schule erfolglos abgegangen. Keiner meiner jüngeren Geschwister hat einen Schulabschluss, oder hatte sich jemals angestrengt, etwas zu machen. Sie wurden trotzdem geliebt und ich versuchte ihnen alles Recht zu machen und sie hassten mich. Natürlich behaupteten sie, dass sie uns alle gleich lieben würden, doch konnten sie nicht ahnen, was ich alles nachts gehört hatte, was mein Herz damals in kleine Stücke zerriss. Ich dagegen hatte sie so sehr geliebt, was sie nur zu gut wussten und auch stolz drauf waren, aber es war ihnen nichts wert. Und obwohl ich jeden Tag mit ihrem Hass konfrontiert wurde, wollte ich sie davon überzeugen, dass ich doch zu etwas gut war. Schule und Anstand. Ich ehrte meine Eltern. Ihr Wort war mir heilig und ich hielt mich an jedes Verbot und an alle Regeln, aber auch das sahen sie kaum. Ihr Druck wuchs und wuchs. Meine Geschwister hatten trotzdem so ihre Ängste vor der Mutter, aber sie trauten sich jedesmal, meine Eltern zurück anzuschreien. Ich fand das sehr mutig, aber auch respektlos. Sie bekamen den Druck der Eltern so besser in den Griff. Ich hielt die Variante »Mundhalten, schlucken, nachts ausweinen« den Eltern gegenüber für besser. Dafür entwickelte ich mich in der Schule zu einem völlig aggressiven Kind und vorlaut war ich den Lehrern gegenüber allemal. Hatte ich Streit zu Hause, verprügelte ich am nächsten Tag direkt ein Mädchen in der Schule. Egal ob sie größer oder älter war. Ich war wie ein Pulverfass, dass nur auf den Funken wartete. Oft hatte ich mich sogar mit Jungen angelegt. Die Wut musste einfach raus. Heute verabscheue ich Gewalt in jeglicher Form. Als Kind denkt man nicht soviel darüber nach.

Mit der Zeit lernte meine Mutter einen neuen Trick, der sofort zog, wenn sie ihren Willen nicht mehr von meinen Geschwistern bekommen hatte. Mit Geistern und der Hölle hörte sie auf, als sie merkte, dass ich sogar als Heranwachsende Angst vor Geistern und Monstern hatte. Sie gestand mir, dass das nur als Abschreckung gedacht war. Tja, bei mir saß es zu tief drinnen im Kopf. Meine Angst nachts hielt leider an. Ich bildete mir ein, dass nachts unsichtbare Geister an meinem Bettrand saßen. Meine Mutter hielt mich für einen Angsthasen. Sie begriff nicht, dass ihre Tricks nur das Gegenteil bewirkten. Auf jeden Fall war ihr neuer Trick etwas, was mehr mit Erpressung zu tun hatte. Sie stellte sich sterbend krank. Jeder weinte dann und flehte sie an, nicht zu sterben. Man machte, was sie wollte, und sie genoss es. Eine Stunde später ging es ihr wieder wunderbar.

Als ich das Spiel durchschaut hatte, wurde es mir auf Dauer zu anstrengend, und ich machte lieber weiterhin sofort was sie wollte. Ich wollte ihr und uns das peinliche Schauspiel ersparen. Sie versuchte immer im Mittelpunkt zu stehen. Sie beide beherrschten mein Leben. Hatte ich wieder unbewusst etwas falsch gemacht, weil ich es zum Beispiel nicht anders wusste, bekam ich nach stundenlangen Beschimpfungen die seelischen Schmerzen ab. Sie sprachen dann tagelang kein Wort mit mir und würdigten mich keines Blickes. Das war so grausam. Es hatte schrecklich weh getan, aber ich konnte sie nie so hassen wie sie mich. Warum, warum, warum? Meine Mutter stellte sich krank und gab mir für ihr Unwohlbefinden die Schuld. Jeder starrte mich dann giftig an, weil ich der Auslöser für ihren Tod werden würde. Ich fühlte mich elend und überflüssig. Ich probierte ihr dann alles Recht zu machen, die Welt auf den Kopf zu stellen, nur um sie beide dazu zu bringen, «mit mir zu sprechen». Ich übernahm die gesamte Hausarbeit und versuchte nette Gespräche mit ihnen anzufangen. Doch der Dank war Schweigen, und dass mein Essen wortlos in der Küche stehen gelassen wurde. Ich war Luft für sie. Das gab mir den nötigen Ansporn, um ihnen zu beweisen, was in dem verhassten Mädchen alles steckte.

Zum Weinen war ich mittlerweile zu abgestumpft, ich brauchte etwas Besseres als Weinen. Ich wusste auch, wo ich es bekommen konnte, da ich die »richtigen« Schüler getroffen hatte. Ich begann Joints zu rauchen, damit ich wieder lachen und den Schmerz vergessen konnte. Ich konnte es nüchtern nicht mehr ertragen. Ich betäubte mich. Das Zeug half mir, gefühlskälter zu werden. Ihre Beschimpfungen prallten an mir ab. So verdrängte ich, dass ich ein ungeliebtes Kind war.

Ich musste mich beweisen, um eine Anerkennung zu erlangen. Wo war ich die Beste der Familie? Natürlich in der Schule! Je unerträglicher das Leben zu Hause wurde, desto lieber ging ich dann zur Schule, um zu lernen und mich abzulenken. Und die Belohnung für meinen Fleiß war das beste Abgangszeugnis. Ich war so stolz und siehe da, man lobte mich ein wenig. Aber immerhin, ich hatte etwas Anerkennung, da ich die erste in der Familie war, die einen Abschluss machte. Aber so wie ich es mir erhofft hatte, reagierten sie leider nicht. Sie freuten sich eher darüber, dass ich bald volljährig wurde und den Führerschein machen könnte, damit ich…ja, genau! Meine Eltern hatten keinen Führerschein und kein Auto. Ich sollte meinen Führerschein machen und sie wollten mir ein Auto kaufen, das Geld für beides sollte ich selber verdienen. Ich schwöre, ich wollte ihnen die Wahrheit sagen. Ich hatte tagelang die Rede in meinem Kopf einstudiert. Ich glaubte, sicher gewesen zu sein, aber ich war ihr mehr als nur hörig.

Es war mein Traum. Studieren und ab nach Südafrika. Den hilfsbedürftigen, armen, Not leidenden Menschen, meine Dienste anbieten. Mir hätte es nichts ausgemacht, dafür auf Komfort zu verzichten. Ein Poster von den »Ärzten ohne Grenzen« hatte lange über meinem Bett gehangen. Meine Vorbilder, mein Ziel. Ich wollte ein Zeichen setzen, um so auf hungernde, leidende Menschen und Kriegsopfer aufmerksam zu machen. Ich vergötterte Mutter Theresa und meine Mutter hätte mich dafür verbannt, hätte sie es jemals erfahren. Sie glaubte, alle Entscheidungen übernehmen zu können. Sie gab mir keine Freiheit mich zu entfalten. Ich musste nach ihrer Pfeife tanzen. Ein Jahr vor meinem Schulabschluss hatten wir das Thema Zukunft schon angeschnitten, aber ich dachte, sie überzeugen zu können, wenn sie erst sehen würden, dass ich eine gute Schülerin war, die die besten Zukunftspläne hatte. Sie sagten noch, wenn ich noch ein paar Jahre lernen wollte, dann aber da, wo ich auch Geld verdienen könnte, um die Familie zu finanzieren. Ich hatte echt geglaubt, sie doch überzeugen zu können. Mann, war ich blöd!

Nun ja, gut dass ich Vorsorge getroffen hatte. Bevor ich mich an der Universität einschrieb, hatte ich mich um einen Ausbildungsplatz beworben. Ich wusste ja, was sie eigentlich von mir wollten. Arbeiten! Das hatten sie oft genug und deutlich gesagt. Dennoch hatte ich ein Jahr lang gehofft und mich dafür angestrengt. Wenigstens waren sie mit der Wahl des Ausbildungsplatzes, den ich vorschlug, einverstanden. Ich dachte, wenn schon arbeiten, dann da, wo ich helfen könnte. Also in einem Krankenhaus. Meine Eltern fanden die Idee richtig gut, da der Beruf der Krankenschwester bei uns in der Heimat sehr anerkannt war. Nur dass die Klinik eine Psychiatrie war, empfanden sie als unangenehm. Wir fuhren noch alle gemeinsam in den Heimaturlaub. Alle kamen zurück und meine Mutter verlängerte noch ihren Urlaub, wie jedes Jahr. Das war schon fast ein Ritual bei meiner Mutter, oder überhaupt in der Familie. Sie wollte es haben und wir mussten es einfach akzeptieren. So, sie war noch im Urlaub und ich machte den Führerschein, den mein Vater erst bezahlte, aber rückerstattet haben wollte. Kein Problem, dachte ich mir, war ja auch sein Recht. Ich konnte überhaupt froh sein, dass sie mir was geliehen hatten. Jedem anderen Menschen gegenüber zeigten sich meine Eltern als sehr knauserig, und ich dachte, was bin ich für ein Glückspilz.

Ich durchschaute ihre Berechnung nicht. Hätte ich sie früh genug durchschaut, hätte sich sowieso nichts an der Situation geändert. Ich war meiner Mutter hörig und untertan. Sie predigte ständig, ich wäre ihr was schuldig. Ihre Muttermilch, die jahrelange Erziehung und überhaupt mein Leben, da sie mich geboren hätte. Wie absurd, denke ich jetzt, aber damals hielt ich es für ganz okay. Sie richteten ihre ganze Aufmerksamkeit auf mich und der Rest der Kinder wurde auf einmal vergessen. Natürlich konnten meine Brüder das nicht so einfach akzeptieren, aber meine Mutter hielt es für richtig, da ich die Familieneinnahmequelle werden sollte. Sie waren auf einmal Versager und ich gut. Da ich die ganzen Jahre die Elternliebe vermisst hatte, genoss ich mit einem Male egoistisch alles und ich verschwendete keinen Gedanken daran, warum ich plötzlich und unerwartet geliebt wurde. Ich war blind, da ich niemals dachte, dass eine Mutter ihre Kinder ausnutzen könnte. Auch nicht als sie die Wahl des Autos getroffen hatte, obwohl ich einen Kredit dafür aufnehmen musste. Schließlich wollten sie mit einem Mal doch das Führerscheingeld, da meine Mutter im Winter zurück in die Heimat wollte und sie das Geld doch benötigten.

Gut eingefädelt, kann ich jetzt nur dazu sagen, denn als ich zur Bank wollte sagte mein Vater, er wolle mitkommen. Kein Problem, oder doch? Ja, denn meine Mutter war ja der »Familienideenbesorger«. Sie war die beste Lügnerin, die ich mir jetzt im Moment vorstellen kann. Doch, da gib es noch eine Frau, aber auf die komme ich später zurück. So, ich sollte die Bank anlügen und sagen, der Führerschein wäre noch gar nicht bezahlt, ein Auto müsste für die Fahrt zum Ausbildungsplatz (fünf Kilometer) her und ich bräuchte noch etwas Bargeld für Ausbildungsmaterial, was überhaupt nicht stimmte, aber meine Mutter wusste immer, wie sowas geht. Meine Sucht nach Mutterliebe wurde regelrecht ausgenutzt. Sie gab überall mit mir an, wie mit einer Ware. Es war kein Stolz, nein, es war wirkliche Protzerei. Ich wäre ihre Lieblingstochter und sie hätte mich zu dem gemacht was ich wurde. Aber egal erst mal. Nun, ich bekam problemlos den Kredit. Sie kauften mir ein sehr billiges Auto und den Rest sackte sich meine Mutter für ihren Urlaub ein. Sie wollte das Haus erweitern, vergrößern, oder was weiß ich. Sie hatte immer irgendwas am Haus zu basteln, nur Resultate hatte man nie gesehen.

Ich wurde zur kleinen Privatbank, denn obwohl sie wussten, wie wenig ich in der Ausbildung verdiente, sollte ich meine Versicherung und die Steuern fürs Auto selber bezahlen, den Sprit, den Kredit und ich sollte zusätzlich noch jeden Monat Geld abgeben. Sie fragten nicht wie und warum. Sie befahlen, und jeder Versuch, sie zur Vernunft zu bringen, wurde in den Wind geschlagen. Sie dachten, ich lüge sie an, mit meinem niedrigen

Verdienst. Da spätestens hätte ich einschreiten sollen, aber sie drohten - wortwörtlich - mit Liebesentzug. Sie hatten meine Schwäche rausbekommen, da ich so aufgeblüht war, nach soviel Aufmerksamkeit. Sie wussten, was ich brauchte und benutzten es wie ein Ventil. Gab ich viel und machte was sie wollten, drehten sie das Ventil auf. Gab ich weniger, drehten sie das Ventil wieder zu. Ich hatte echt keine andere Wahl. Ich musste das Lügen von mir aus lernen, was bei so einem Vorbild wie meiner Mutter, kein Problem war. Sonst hätte ich mit achtzehn immer noch keine Freiheiten gehabt. Der Druck wurde größer und größer, ich sah nichts mehr positiv und hatte mein Selbstbewusstsein verloren.

Meine Wünsche wurden nur berücksichtigt, wenn ich Leistung, im Sinne von Geld, erbracht hatte. Tiefe Traurigkeit in mir, die ich unter einer Clownsmaske durch mein Leben trug. Niemand aus meinem ganzen Umfeld sah, wie ich in Wirklichkeit litt. Für meine Eltern war es, glaube ich jetzt, durchaus ersichtlich, doch es interessierte sie nicht weiter. Energischer wurde mein Kampf um die Mutterliebe. Ich nahm einen Nebenjob an, der mir gutes Geld einbrachte. Mein Traum zu studieren ließ mich lügen. Sie glaubten nämlich, dass ich noch Nachtarbeit im Krankenhaus machen würde. Sie ahnten nichts von meiner Laufbahn als Kellnerin, was die meisten Studenten nur zu gut kennen. Ich nahm mir auch allen Mut zusammen, als ich etwas Geld angespart hatte, um meine Eltern zu bestechen, denn ich kannte ja auch ihre Schwäche. Sie bekamen damals das Geld von mir, und ich sagte ihnen, dass ich nicht sehr weit vom Elternhaus einen Studienplatz bekommen hätte und es mich nichts kosten würde, da ich Staatszuschüsse bekommen sollte. Und ich erklärte ihnen, dass man als Arzt sehr viel Geld verdienen könnte. Es war grausam. Ich log sie einfach an, um meine Träume zu verwirklichen. Denn sobald ich Schwäche gezeigt hatte, wurden die Jungen mir wieder vorgezogen. Ich wurde wirklich und wahrhaftig mit Liebesentzug erpresst. Auch als meine Mutter mir befahl, nicht die Ausbildung dafür hinzuschmeißen. Ich überhörte, was sie als letztes gesagt hatte. »Soll ich jetzt etwa noch länger warten, bis wir durch dich endlich was verdienen? Deine Schwestern waren ja nur nutzloses Zeug gewesen. Wenigstens du sollst für uns richtig arbeiten gehen.« Gut, dass meine ältere Schwester dies nie erfahren hatte, es hätte ihr das Herz gebrochen. Meine Schwester hatte mich, als ich klein war, eingekleidet und verwöhnt. Sie hatte jeden beschenkt und meine Eltern bekamen das Restgeld komplett auf die Hand. Aber meine Mutter hielt es für nichts mehr, nachdem meine Schwester verheiratet war.

Dank kannte meine Mutter nicht und Nächstenliebe hielt sie für Schwachsinn. Für Schwachsinn hielt ich allerdings ihre Erziehungsmethode. Und wenn wir ihr das erklären wollten, sagte sie immer, dann könnten wir uns ja ein neues Zuhause suchen. Sie erzog uns nicht, sie bedrohte und erpresste uns. Traumatisch. Meine Mutter schrie ja förmlich danach, angelogen zu werden. Ich tat es dann auch und siehe da, ich bekam Spaß am Leben. Ich ging abends aus und sagte, ich ginge arbeiten. Ich konnte Discotheken kennen lernen und etwas mehr von zu Hause weg sein, was mir wieder Lebensfreude gab, da ich abgelenkt war. Die ersten Monate ging alles noch prima. Ich steckte voller Energie, voller Glück über die Erfüllung meines Wunsches, voller Hoffnung, und vor allem voller Naivität. Meine Gedanken waren so positiv eingestellt, dass ich dachte, ich könnte es irgendwann bald schon in die Wege leiten und die ganze Wahrheit sagen. Sie sind immerhin meine Eltern. Was sollten sie mir groß antun? Sie würden diesmal bestimmt dafür wochenlang nicht mit mir sprechen, aber sie würden mir ja doch verzeihen, da ich ihr Fleisch und Blut war, dachte ich noch voller Zuversicht.

Doch dieser Illusion wurde ich kurz darauf schnell beraubt. Kein Problem, dachte ich erst noch. Eltern bleiben doch Eltern. Sie predigten uns, wenn sie reich gewesen wären, hätten sie uns die ganze Welt gekauft. Die Armut hatte sie nur blind gemacht, glaube ich. Trotz meiner verzwickten Situation fragte mich nämlich meine Mutter, wann ich ihr endlich Sommerurlaubsgeld geben wollte. Das war nur ein paar Wochen nach der Ankunft aus ihrem letzten Urlaub und es war erst noch mitten im Winter. Ich erwähne noch mal, dass ich meiner Mutter stets mein ganzes Geld, was noch über war, gab, wenn ich alle Rechnungen bezahlt hatte. Ich hatte nur noch Schulden, durch die Pendelstrecken und das ganze Lehrmaterial und die Gier meiner Mutter. Das Ausgehen hatte mich am Anfang auch ganz schön gekostet, also so ganz unschuldig bin ich für meine Lage nicht gewesen. Ich sagte doch, die Schuld trage ich alleine. Die Verleitung war so groß, doch mein Hunger nach Anerkennung, Liebe und Aufmerksamkeit war noch nicht befriedigt. Ich versprach ihr, in der Hoffnung auf endgültige Ruhe, einen weiteren Kredit bei der Bank aufzunehmen. Sie schrie vor Freude und drückte und umarmte mich so sehr, dass ich dachte, ich bekäme Flügel und hebe ab. Ein unbeschreibliches Gefühl und ich glaubte auch, ihre Not gespürt zu haben. Irrtum, wie sich zehn Minuten später herausstellte. »Du musst dieses Jahr mit dem Auto in Urlaub mit uns fahren. Wir fliegen runter und du kommst mit dem Auto, per Schiff nach. Du bestellst uns, nachdem du das Geld von der Bank erhalten hast, die Flugscheine und reservierst dir für ein großes Auto einen Platz auf der Fähre. Und etwas mehr Geld für den Urlaub muss schon sein. Wir können nicht mit leeren Händen nach Hause kommen.« Nun ja, meine eigene Schuld, aber ich konnte sie nicht fragen, wie ich das alles bezahlen sollte. Ich fragte sie nur: »Was für ein großes Auto? Mein Auto ist alles andere als groß, vergessen, Mutter? Und……« Sie unterbrach mich: »Du musst die Bank anlügen und sagen, dass Deine Schwester in der Heimat einen ganz schweren Autounfall hatte und du sehr viel Geld für eine Operation brauchst. Dein Vater geht mit und bestätigt alles. Und falls die jetzt doch einen Bürgen brauchen, dann macht das Dein Vater schnell. Du musst da weinen und traurig sein und nicht rausgehen, bevor er nicht sein okay gegeben hat. Du musst richtig Druck machen. Sag ihnen, es sei ein richtiger Notfall, es ginge um Leben und Tod.« Peng, aus, vorbei. Keine Diskussion oder so. Ich musste gehorchen und mein Vater begleitete mich zur Bank. Ich log wie sie es mir befohlen hatte. Die gut gemeinten Ratschläge vom Bankdirektor musste ich abwimmeln. Mein Vater gab mir die Kommandos auf arabisch. Der Direktor versuchte mich wirklich zu warnen, aber mein Vater ließ nicht locker und begann sogar mitzuweinen. Mir war es so peinlich, aber er hätte mich umgebracht, wenn ich nicht getan hätte, was sie beide von mir wollten. Außerdem gab's da noch die Hölle, in der man schmort, wenn man nicht auf die Eltern hört. Diese Angst saß leider zu tief in meinen Gedanken. Ich konnte es zwar nicht glauben, aber um das Risiko zu packen war ich zu feige. Gehirnwäsche! Mein Gehirn war wirklich gewaschen worden. Abgesehen davon wollte ich mein Zuhause auf gar keinen Fall verlassen. Da die Bank uns schon ewig kannte, waren meine Schwestern dort bekannt. Er empfand in dem Fall natürlich Mitleid, gab mir das Geld und wünschte meiner Schwester gute Besserung. Ich hätte mich lieber schämen sollen.

Das schlechte Gefühl dauerte nur kurz. Die Freude meiner Eltern und das Lob ließen es mich vergessen. Alles. Was halten Sie jetzt davon, wenn ich ihnen noch sage, wer das Auto ausgesucht hatte? Das ist kein Witz. Meine Mutter traf mal wieder die Wahl. Ausgezeichnet. Ihr Wunschauto war sehr groß und verbrauchte viel Sprit. Von der Versicherung und den Steuern ganz zu schweigen. Ihr konnte es ja auch egal sein. Es waren meine Sorgen. Für meine Mutter war es wichtiger, dass sie im Urlaub schön damit angeben konnten. Der Urlaub kam und man gab wieder mit mir an, als sei ich eine Ware. Dass sie mit dem Auto geprahlt hatten, störte mich nicht so sehr. Ich musste sie überall hinfahren und ich durfte nur da hin, wo sie es erlaubt hatte. Dass sie das Sagen hatte, weiß man ja schon. Ihre Dreistigkeit ging eigentlich weiter und weiter.

In meiner Heimat hatte ich schon das richtige Alter fürs Heiraten erreicht. Und die ersten Männer fingen an, um meine Hand anzuhalten. Das ist noch Tradition bei uns. Meine Mutter sagte, ohne jemand anders noch zu fragen: »Sie muss noch ihr Studium beenden. Danach muss sie für ihre Familie arbeiten. Bis dahin ist es noch lang.« Wieder Ende der Debatte. So war halt meine Mutter und jeder in der Heimat kannte sie auch nicht anders. Meinen Vater mochten die Nachbarn, aber meine Mutter wurde nicht gerade geliebt. Sie sagte immer, es wäre Neid. Früher hatte ich es wirklich geglaubt. Heute weiß ich aber warum. Egal jetzt. Aber erst mal, nicht dass ich einen von diesen Männern kannte oder gar wollte, aber was ich hörte war nicht nett. Im Gegenteil. Es brannte innerlich vor Schmerz. Ich hatte nichts dagegen, wenn sie protzte, oder mich zu Hause erniedrigte, aber musste sie mich so verletzen? Es war ein unerträglicher Schmerz und ich nahm mir die Freiheit zu fragen, warum sie so kaltherzig war. Das war fast mein Todesurteil. Sie sprach den restlichen Urlaub nicht mehr mit mir und sagte nur als letztes, dann solle ich doch zu diesen Männern gehen. Ich hätte nur Jungen im Kopf. Sie hätte schon immer gewusst, dass ich doch ein Taugenichts wäre und Weib bleibt Weib. Ich nahm mir vor, nie wieder mit meiner Mutter über Gefühle oder Probleme zu sprechen, was mir bis jetzt ohne Schwierigkeiten gelingt. Wenigstens etwas.

Als der Urlaub hinter uns lag, war ich froh, wieder daheim zu sein. Bis ich den Berg Rechnungen sah, der sich in meiner Abwesenheit gestapelt hatte. Ein Joint musste, nach langer Zeit, wieder seine Dienste erweisen. Es tat gut und ich konnte mir die Briefe genauer angucken. Ohne das Risiko einzugehen, vor Schreck Gelbsucht zu bekommen. Es kam, wie es kommen musste. Ich schmiss heimlich das Studium, die Ausbildung machte ich Gott sei Dank zu Ende. Meine ganze Freizeit verbrachte ich damit, dass ich kellnern musste, um meine Mutter glücklich zu machen. Ich schlief höchstens vier Stunden und musste schon wieder zurück zur Arbeit. Und am Ende des Monats schimpfte sie, weil sie den Hals nicht voll genug bekam. Das Leiden musste ich ertragen und meine Eltern profitierten nur davon. Sie sahen nicht ein, dass ich nicht mehr geben konnte. Auch als ich die Ausbildung doch noch erfolgreich beendet hatte, reichte das Geld hinten und vorne nicht mehr. Die Rechnungen musste ich ignorieren, wenn ich zu Hause keinen Ärger haben wollte. Ich log sie an und sagte immer, dass ich alles bezahlt hätte. Sie bestand nämlich darauf, dass ich erst den Kredit abbezahlte, für den mein Vater gebürgt hatte. Sie wollte nicht auf meinen Schulden sitzen bleiben, waren ihre Worte. Der Gedanke an Selbstmord ging mir des Öfteren durch den Kopf.

Meine Ablenkung war oft die Arbeit im Restaurant. Ich nahm eine Stelle in einem griechischen Restaurant an. Der Betreiber war noch sehr jung und Single. Er hatte diesen südländischen Charme. Er gefiel mir, und wir wurden nach ein paar Monaten ein unzertrennliches Paar. Bis zu jenem Abend. Es war nach Feierabend. Ich hatte es wirklich nicht gewollt. Ich hatte es ihm auch klipp und klar gesagt. Er stellte sich meinen Hilfeschreien und meinem Betteln gegenüber taub. Er zerriss meine Kleider und schmiss mich auf einen der Tische. Es geschah gegen meinen Willen. Er hatte es gewusst. Wie oft hatte ich vorher, wenn er darüber sprechen wollte, gesagt, dass ich bis zur Ehe warten wollte. Er und alle anderen kannten meine Einstellung. Warum nur, warum? Ich war erst zwanzig und verlor schon meine Jungfräulichkeit. Der Hass richtete sich gegen mich selbst. Ich konnte mich nicht mehr sehen. Ich fühlte mich so schuldig. Man hatte mir etwas geraubt. Etwas, für das es keinen Ersatz gab. Ich konnte mich nicht einmal jemandem anvertrauen. Meine Eltern durften es niemals herausbekommen, daher musste ich schweigen. Ich hätte zu Hause mein Gesicht verloren und der Ärger erst, den ich bekommen hätte! Nee, danke. Freiwilliger Verzicht! Ich hatte doch alles verloren, was meine Eltern brauchten, um mich später so teuer wie möglich zu verkaufen. So ein Quatsch. Ich hatte meine Ehre, meinen Stolz, meine Würde, mein Hab und Gut verloren. Ich war davon überzeugt und fasziniert. Kein Sex vor der Ehe. Zwanzig Jahre hatte ich es gehütet und dann kommt so ein Homo Sapiens und frisst mich auf. Ich hätte ihn hassen können, wenn er nicht mein Freund gewesen wäre. Außerdem waren da noch die Schuldgefühle. Ich hatte mich bestimmt nicht hart genug gewehrt, nicht laut genug geschrien. Wäre ich doch einfach zu Hause geblieben an dem Tag. Wenn meine Eltern es rausbekommen hätten, wäre ich bestimmt vor Scham im Erdboden versunken.

Das Thema Sexualität war in jeglicher Hinsicht ein Tabu. Selbst bei einer harmlosen Umarmung zwischen einem Paar im Fernsehen schaltete mein Vater sofort um. Die Fernbedienung hielt er immer in der Hand und bestimmte das Programm. Es blieb bei soviel Scheinheiligkeit nicht aus, dass wir fast keinen Film ohne etliche Unterbrechungen sehen konnten. Sie wussten ja nicht einmal von meiner Arbeit als Kellnerin. Sie wussten eigentlich von nichts mehr. Alles was sie wussten, waren Lügen. Wie sollte ich ihnen dann von dem Verlust berichten. Sie hätten mir auch nur die Schuld gegeben und in ihren Augen wäre ich nichts mehr wert. Also doch eine Wertsache. Ja, wahrscheinlich war es auch so. Ich wollte ihnen an diesem Tag noch so gerne sagen, was ich durchgemacht hatte und wie sehr ich litt, aber meine Erziehung erlaubte es nicht. Ich war ganz alleine mit meinem Schmerz. Und deutlicher wurde mir auch das Bild, dass ich das Familienkapital geworden war. Ich wollte aber, vor allen Dingen, nicht dass meine Geschwister durch meine Dummheit bestraft würden, da meine Eltern die reinsten Stimmungsbarometer waren. Ging es ihnen finanziell gut, profitierten alle davon, zumindest von der guten Laune. Umgekehrt waren solche Tage die Hölle auf Erden und alle schrieen sich an und stritten sich grundlos. Obwohl der Druck ja auf mir hängen blieb.

Ich hatte das Gefühl gehabt, die Verantwortung für alle übernommen zu haben. Ich fühlte mich wirklich dazu gezwungen, den Familienfrieden immer wieder aufs Neue sicherzustellen. Es war eine harte Aufgabe, die meinen Tagesablauf bestimmte. Ich gewährte einst dem Teufel kurz Zuflucht und er nistete sich für immer in meiner Seele ein. Durch die Augen meiner Eltern grinste er hindurch und flüsterte: «Komm, du findest bestimmt noch eine kleine Lüge. Du bist so schlecht, dass ich dich glatt adoptieren könnte. Dich lass ich nicht mehr gehen. du bist ich und ich bin du. Da, nimm dir doch einen Schluck Alkohol. Der könnte uns beiden Kraft geben. Sei kein Angsthase. Du kannst doch sonst so gut Mist bauen.» Warum ich auf den Satan gehört hatte? Na, ja, ich sagte es doch. Dumme Naivität. Aber der Alkohol tat mir doch gut. Er imprägnierte meine dünne Haut. Und man kann mir nicht erzählen, dass meine Eltern, die die reinen Spione in solchen Sachen waren, hätten nie bemerkt, wie betrunken ich oft nach Hause kam! Beinahe jeden Abend. Manchmal sogar tagsüber. Sie sagten nie etwas dazu, also schön weiter machen. Sorry, aber damals sah ich keinen anderen Ausweg. Es war der einzige Weg zu vergessen, wie ungeliebt ich doch eigentlich war.

Freundschaften, die mir wirklich ans Herz gewachsen waren, musste ich aufs Spiel setzen. Jahrelang gepflegt hatte ich diese Bekanntschaften und musste sie im Endeffekt für meine Familie opfern. Ich benutzte meine Freunde und zum Schluss log ich auch sie an. Sie sind bestimmt noch sehr enttäuscht von mir. Vorausgesetzt, sie kennen mich überhaupt noch. Damals hatte ich nicht viel Zeit zum Nachdenken. Handeln war angesagt. Meine Mutter drohte, nachdem ich mit meinem Lohn um drei Tage zu spät war, mit Rauswurf. Die Bank hatte meinen Lohn eingezogen, da ich tief im Minus war. Meine Mutter hätte mir den Kopf abgerissen, wie man so schön sagt. Der Haussegen hing diesmal wirklich schief. Ich sah keinen anderen Ausweg, als mir bei meinen besten Freunden Geld zu leihen. Die Wahrheit durften meine Freunde aber niemals erfahren. Sie hätten nichts von dem verstanden, was bei mir zu Hause abging. Als Rabeneltern wollte ich meine Eltern nicht dastehen lassen. Also log ich sie alle an. Ich kam aus dem Lügen nicht mehr raus. Hatte ich zuerst aus der Not eine Tugend gemacht, so wurde das Lügen nun zu meinem Lebensinhalt. Ich vereinbarte Rückzahlungstermine mit meinen Freunden und konnte meine Versprechen dann nicht halten. Es dauerte leider viel länger als unsere Freundschaften halten konnten.

Die Verstrickungen in größere Lügen nahmen zu, da ich bloß von meinem Elternhaus ablenken wollte. Wissen Sie, was es für Konsequenzen nach sich gezogen hätte, wäre vielleicht das Jugendamt auf unsere Lage aufmerksam geworden? Die Schuld hätte ich mein Leben lang mit mir herum getragen, wenn dadurch meine Geschwister ihr Zuhause verloren hätten. Meine Mutter hatte auch immer gesagt, dass sie ohne uns sterben würde. Also, schlucken. Jeden Tag hatte ich richtige Angst vorm nächsten Tag. Jeder Tag wurde schlimmer als der vergangene. Ich ging mit Magenschmerzen schlafen und wachte mit Übelkeit wieder auf. Ich dachte an morgen und mein Magen machte sich selbstständig. Ich kann mich wirklich an keinen Tag ohne Angst erinnern. Auch wenn nichts war, sie fanden immer etwas. Es blieb nicht aus.

Der nächste Sommer war wieder da und somit meine Alpträume. Zu meinem Erstaunen sagte meine Mutter auf einmal: »Unsere Flugtickets holt der Papa gleich ab. Wann holst du deine Fahrscheine für die Fähre ab? Diesmal bezahlen wir unsere selber. Du musst nur deine eigenen abholen. Wir haben einen Platz für dich reserviert.« Sie fragte weder, ob ich arbeitsmäßig mit konnte, noch, ob ich überhaupt Geld hatte mitzufahren. Sie hatte es beschlossen. Ich dachte, wer nicht fragt, der nicht gewinnt: »Ma, ich habe nicht sehr viel Geld…« »Ja, ja, das weiß ich. Deshalb bezahlen wir unsere Tickets selber.« Wow, was war mit der denn los? Ich ließ mich überreden. Mit dem Ausdruck *gezwungen* will ich lieber etwas vorsichtiger sein. Sie hatte mir ja nicht die Pistole an den Kopf gehalten, oder sowas. Es war wirklich eher meine Schuld. Ich fühlte mich ausgelaugt, ausgebrannt. Ich brauchte etwas Ruhe. Nicht nur mein Körper hatte Urlaub nötig. Mein Geist brauchte unbedingt mal Pause. Eine Angstpause täte meiner Seele sicher gut, waren meine Gedanken. Abgesehen davon: Meine Mutter war bescheiden. Sie wusste von meiner Pleite und nahm Rücksicht. Wow, Wow, Wow Es war die Gelegenheit gekommen, meiner Mutter im Urlaub die Wahrheit zu sagen. Das Geld würde ich schon zusammen bekommen. Da meine Mutter uns im Urlaub noch nie um Wohn- oder Kostgeld gefragt hatte, kümmerte ich mich ausschließlich um das Fahrgeld. Es war nicht einfach, aber ich bekam es in vier Tagen zusammen. Zwei Kellnerjobs und eine Putzstelle. Ich wollte unbedingt mit, um mit ihr in Ruhe zu sprechen. Ich wollte diesem Lügenchaos ein Ende machen.

Der Traum von einem Neuanfang ließ mich wieder an Wunder glauben. Nix Wunder. Hören Sie jetzt mal! Durch die lange Reise wurde mein Auto, pardon, Mamas Auto, beschädigt. Als ich ankam, merkte ich an ihrer Stimmung, dass ich nicht gerade herzlichst willkommen war. Früher fragte sie sofort, was ich essen wollte. Diesmal ließ sie mich fast verhungern nach der langen Fahrt. Drei Tage unterwegs. Alleine. Sie hatte mich noch nie geliebt. Nicht eine Minute. Und ich baute mein Leben für sie auf Lügen auf. Dabei liebte sie nur das Geld. Ob sie jemals an meine Gefühle gedacht hatte, frage ich mich oft noch. Meine Mutter prahlte im Urlaub mit mir. Sie sprach nur von meinem Studium und wie gehorsam ich wäre. Sie lobte mich so in den Himmel, dass ich keinen Zeitpunkt fand, sie mit dem Gegenteil vertraut zu machen. Gott sei Dank nicht. Sie hätte mich …. ich weiß nicht…sie hätte mich auf jeden Fall beerdigt. Denn gleich an meinem zweiten Urlaubstag trat sie eiskalt zu mir und bat mich, ihr endlich das Geld zu geben. Die berechtigte Frage wäre eigentlich gewesen: »Spinnst Du jetzt total, oder was? Was für Geld? Du kennst meine finanzielle Misere besser als jeder Andere.« Ich entschied mich für die einfachere Variante, das Lügen: «Einen Koffer wollten sie beim Zoll nicht durchlassen. Warum, weiß ich wirklich nicht. Sie haben nur gesagt, wenn mit dem Koffer alles in Ordnung wäre, könnte ich ihn in einer Woche abholen. Das Problem ist nur: meine Schecks und die Bankkarte sitzen genau da drin. Ich wollte es ihnen noch erklären, aber……» Auf einmal sie: »Ich hoffe für dich, dass alles in Ordnung ist, ansonsten…ich spreche es lieber nicht aus. Sieh jetzt zu, wie du solange zurecht kommst. Du glaubst doch nicht etwa, du könntest dir hier von meinem Geld ein schönes Leben machen. Und woher willst du überhaupt das Geld für das Benzin bis nächste Woche nehmen? Ich hoffe doch, dass Du wenigstens etwas Bargeld in der Tasche hast. Sonst kannst Du das Auto in die Garage stellen und einen Wanderurlaub beginnen. Ich bin mittellos!«

Was war das für ein Knall? Sind Sie vom Glauben abgefallen? Ja, kenne ich. Ging mir damals genauso! Das Gefühl, als wenn der Himmel über mir zusammenstürzen würde, so in etwa war es. Kann auch etwas harmloser gewesen sein, da ich den Tag schön abgefüllt war. Mit Marihuanakeksen! Meine Mutter meinte immer alles ernst, was sie sagte. Wenn sie was sagte! Man konnte ja noch froh sein, wenn man wenigstens ausgeschimpft wurde. Sie zog es vor mich zu ignorieren und wie Luft zu behandeln. Ich bekam keine Antwort, wenn ich mal etwas fragte. Oder, wenn ich fragte, wie es ihr gehen würde, da sie ja ständig «krank» war, war der Konter darauf: »Dank dir sterbe ich bestimmt noch jung. Du hast meine ganze Gesundheit aufs Spiel gesetzt. Du wirst schon sehen, was Gott mit Dir anstellen wird. Du wirst schon Deine Strafe dafür bekommen!« Das waren Sätze, die mich kaputt gemacht hätten, wäre ich nicht immer <Out of this world> gewesen. Sie wissen schon, vollgedröhnt mit Haschisch und Supergräsern!

Man kannte mich nur als Weichei. Die, die zu nah am Wasser gebaut war. Die Baby-Frau. Meine Mutter begriff anscheinend nicht, wie sehr ich sie geliebt hatte. Sie nahm mir meine Persönlichkeit, bevor ich sie noch entfalten konnte. Sie brach mir die Flügel, die ich zum Fliegen brauchte. Sie stahl mir die Phase des Erwachsenwerdens. Nicht, dass ich Kleidervorschriften kannte. Wir durften uns überall europäisch kleiden. Kurze Sachen waren auch erlaubt, kein Problem. Daher trog natürlich auch der äußere Schein. Jeder dachte, wir hätten so tolle Eltern und dass sie richtig locker wären. Sie verkauften sich bei Fremden und Nachbarn als die Supereltern. Allerdings durften wir uns nicht weiter als dreißig Meter vom Elternhaus entfernen. Nicht, dass ich es je gemessen hätte, aber nach meiner Erinnerung war es so. Allerdings bin ich jetzt bereits fünf Jahre lang nicht mehr in der Heimat gewesen.

Die Einzige, zu der ich noch schriftlichen Kontakt habe, ist meine zweitälteste Schwester. Sie war auch damals meine einzige Hoffnung und letzte Rettung. Ich bin froh, dass sie anders ist als der Rest. Mit ihr kann man wirklich lachen und wir hatten immer soviel Spaß zusammen. Wir hatten sogar oft zusammen einen für den Fun geraucht und uns über nichts Schrott gelacht. Die einzig herrliche Zeit. Sie wurde auch in meine Finanzlüge einbezogen. Klar, ihr konnte ich vertrauen. Sie hatte selber soviel Probleme früher, vor meiner Zeit. Sie ist die Einzige, die richtige körperliche Schläge abbekommen hatte. Sie wurde regelrecht verprügelt und ich hatte es mir als Kind immer mit angeschaut. Meine Schwester wurde für eine Leidenschaft verhauen. Eine bekannte Jugendzeitschrift. Diese enthielt aber, hier und da, nackte Tatsachen, die meinen Eltern die Nerven raubten. Sie beschimpften meine Schwester dann als…. Sie wissen schon. Wie gesagt, meine Schwester half mir aus der Klemme und lieh mir reichlich Geld. Da wir beide aber auch einen Tag alleine verbringen wollten, logen wir meine Mutter weiter an und sagten, wir müssten in die Hauptstadt, wo der Koffer war, um diesen wieder abzuholen.

Für Geld erlaubte meine Mutter alles. Ja, sie war mehr als nur bestechlich und käuflich. Mein Schwager war eingeweiht, da es ja auch sein Geld war. Wir hatten einen sehr schönen Tag und der Abend dann zu Hause war super. Ja, ich sagte super. Natürlich, meine Mutter bekam das Geld und war wieder die Supermama. Na, klar! Und in der Hauptstadt hatten wir natürlich dafür gesorgt, dass wir nicht ohne Koffer heim kamen. Der wurde mit billigem Zeug gefüllt und meiner Mutter, samt Geld, gezeigt. Meine Mutter gab mir den Koffer geldlos zurück. Das war sicherlich die Strafe für meinen Lügenberg, dachte ich immerzu. Meine Mutter war nicht streng, meine Mutter war doch streng.

Hin und her in meinem Kopf. Bis!!! ja, ja, bis ich diesen einen Satz hörte, der mein Leben beendete, bevor ich sterben konnte. Hilfe, sage ich nur. Heute noch höre ich sooft diesen einen Satz deutlich in meinen Ohren. Dieser Satz verursachte damals eine Wunde, die heute noch manchmal blutet, weil sie nie verheilen kann. Und nur weil meine Mutter dachte, dass ich ein Gegenstand sei. Anders kann ich mir sowas nicht erklären. Aber beurteilen Sie das ruhig selbst. Ein weiterer junger Mann versuchte sein Glück. Er traute sich wirklich um meine Hand anzuhalten. Nicht, dass ich gerade ihn wollte, aber er imponierte mir, weil er sich so mutig meiner Mutter gestellt hatte. Er hatte so einen großen Willen gehabt und kam wirklich, trotz nachbarlicher Warnung, in die Höhle des Löwen. Nicht, dass es was zur Sache tut, aber meine Mutter war vom Sternzeichen her »Löwe« wie ich auch. Was ich jetzt sage, entspricht nicht meiner Meinung, doch kann ich solche feindlichen Aussagen gut verstehen. Meine Mutter war mehr als nur als Drache bekannt. Und wäre sie eine Nachbarin und nicht meine eigene Mutter, würde ich sie bestimmt meiden. Mit großer Sicherheit sogar! Meine Mutter war feindselig und hatte keine richtigen Freunde. Außer im Urlaub kannten wir sonst keinen Besuch und keine Familienfreunde. Auf jeden Fall kam der junge Mann zu uns und warb um meine Hand. Ihre herzzerreißenden Worte klingen mir auch jetzt noch in den Ohren: »Hör zu, meine Tochter ist noch nicht heiratsfähig. Da wir einen Kredit am Laufen haben, muss sie erst ihr Studium beenden und dann ein paar Jahre für uns arbeiten. Sie lernt ja schließlich nicht für einen Mann, sondern für ihre Familie. Wenn du aber damit einverstanden bist, dass sie nicht schwanger wird und du bei uns wohnst und ihr Einkommen uns weiterhin gibst, dann könnt ihr direkt heiraten. Aber du musst bei uns wohnen. Sie wird nicht mit dir alleine wohnen. Später ja, aber nicht bevor sie mir nicht zurückbezahlt hat, was sie uns schuldet. Ich habe sie zu dem gemacht, was sie jetzt ist und ich will dafür erst ersatzweise Geld. Außerdem musst du ihr eine Menge Gold kaufen und das Fest selber finanzieren.« Der Mann war mehr geschockt als ich. Mich konnte gar nichts mehr schocken. Ich war bereits seelisch tot! Heute noch kann ich mich an seine Reaktion erinnern. Er war entsetzt und sagte verwundert: »Sie wollen ihre Tochter verkaufen wie eine Ware. Stellen hier Forderungen und feilschen um den Preis? Sowas wie Sie habe ich in meinem ganzen Leben noch nie getroffen.« Er sprach mir aus der Seele. Sie warf ihn allerdings raus und erteilte seiner ganzen Familie Hausverbot.

Der größte Teil von mir starb sofort. Alles, was ich jetzt wollte, war die Abreise, doch zog sich der grausame Urlaub notgedrungen in die Länge. Ich stand kurz vorm Abgrund und schwankte zwischen Selbstmord und Abhauen. Weglaufen, entschied mein Selbsterhaltungstrieb. Warum sich der Urlaub dafür aber in die Länge zog, war diese kleine unbewusste Rache. Bewusst wurde es mir erst vor kurzem. Denn jetzt kommt es! Mein Onkel mütterlicherseits war zu dem Zeitpunkt ledig und von Beruf Exganove. Er saß also hinter Gittern. Ihm waren Einbrüche in mehrere Häuser vorgeworfen, aber noch nicht nachgewiesen worden. Eines dieser Häuser war unseres, dass in unserer Abwesenheit ausgeraubt wurde. Er saß bereits zwei Jahre in Untersuchungshaft und es gab keine Aussicht auf einen Prozess. Doch er war auch leider der einzige Ernährer meiner verwitweten Groß-mutter, die bei Groß und Klein beliebt war. Sie war auch meine Lieblingsoma, da sie uns richtig zum Lachen brin-gen konnte und immer fröhlich war. Ihre positive Le-benseinstellung steckte jeden an. Sie hatte nie Vorurteile oder böse Gedanken. Sie war eine gute Oma, im Gegen-satz zu meiner Oma väterlicherseits. Sie mochte uns Kinder nicht besonders, da sie mit meiner Mutter nicht sehr gut zurecht kam. Aber egal, sie hatte wohl ihre Gründe. Gründe, die ich wohl kaum noch rausbekom-men könnte, da sie leider schon verstorben ist. Nun ja, beide sind bereits verstorben. Damals lebten sie aber beide noch. Ich entschloss mich, das sowieso kaputte Auto zu verkaufen, da es eine Rückfahrt nicht überstan-den hätte. Es war wirklich schon recht kaputt. Meine Mutter akzeptierte meine Entscheidung, da sie natürlich auch davon profitieren konnte, wie ich später rausbekam. Ich machte jedoch klipp und klar, dass ich meiner Oma bei dem Problem helfen wollte. Dass meine Mutter auf einmal Reparaturen am Haus zu machen hätte, war mir mehr als nur egal. Dafür brauchte sie viel Geld und ich war ja wieder so gerne gesehen, gelobt und so richtig geliebt. Ja, Sie hören schon meine Ironie, aber mit der Zeit lernt man, mit einigen Dingen zu leben. Andere, die Narben hinterließen, sind schwerer zu bewältigen. Man muss einiges einfach als Schicksal sehen und versuchen, es etwas ins Lächerliche zu ziehen, dann geht das schon. Auch wenn es sehr viel Kraft kostet, aber alles ist möglich. Man wird nicht wirklich abgehärtet, aber man lernt mit der Vergangenheit zu leben. Die Zeit heilt nicht immer alle Wunden, doch die richtige Einstellung für die Zukunft lindert den Wundschmerz. Meine Wunden tragen allerdings dicke, verkrustete Narben, die gelegentlich wieder aufreißen und zu bluten beginnen. Doch ist dies ein anderes Kapitel.

Zum Thema also! Damals sprach meine Mutter von der Wohltat für ihre Seele, dass ihr Bruder einsaß, doch ließ sie mich aus reiner Profitgier alleine mit drei jungen Männer kreuz und quer durch unsere kleine Heimat fahren, um die benötigten Unterlagen zu besorgen, die ich zum Verkauf des Autos brauchte. Die Männer waren nur flüchtige Bekannte aus unserem Dorf. In unserem Land kann man nicht so einfach ein Auto aus dem Ausland verkaufen. Es war eine Tortur. Aber nach sechs stressigen Wochen gelang es mir dann doch. Es wurde zwar unter Wert verkauft und ich wurde ganz schön übers Ohr gehauen, aber geschafft war geschafft! Sagen wir mal, ich ließ mich übers Ohr hauen. Die Müdigkeit machte mich schwach. Außerdem wollte ich eigentlich nur so schnell wie möglich einen Verkauf bewerkstelligen, um endlich wieder abreisen zu können. Als ich meiner Oma das Geld gab, schrie sie vor Freude und bedankte sich mehr als sie es hätte tun sollen. Die Worte und Wünsche, die sie mir mit auf den Weg gab, waren kostbarer als Gold und Geld. Ich zeigte ihr noch die Kontaktmänner, die sich für seine Freilassung bezahlen ließen. Sie sollte ihnen das Geld erst bei der Entlassung aushändigen. Meine Abreise war mir dann doch wichtiger, als diesen schrecklichen Urlaub noch länger hinaus ziehen. Zwei Wochen später kam mein Onkel frei und meine Oma starb zehn Wochen danach. Ich konnte weder ihre Freude über seine Freilassung, noch sonst mehr von ihr hören. Man richtete mir zwei Jahre später herzlichen Dank aus, und dass sie nur von mir gesprochen habe bevor sie starb. Mich verließ jedoch nach unsrer Ankunft in Europa der Mut, um fortzulaufen.

Die Beschimpfungen und Erpressungen hielten an. Ich ließ es ja zu. Meine Lügen mussten weitergehen. Doch schaffte ich es immer wieder, nicht erwischt zu werden. Damals, als wir von dem plötzlichen Tod meiner Großmutter erfuhren, kaufte ich ihr ohne Zwang die Flugtikkets. Sagen wir mal so, ich erfuhr als erste davon und schwieg den ganzen Tag, bis ich das Geld für die Reise hatte. Ich organisierte alles in kürzester Zeit und dann brachte ich es ihnen ganz vorsichtig bei. Ich dachte wirklich, dass meine Mutter wieder ohnmächtig werden und durchdrehen würde. Doch zu meinem Entsetzen vergoss sie ein paar kleine Tränchen und die Sache war gegessen. Das war der Höhepunkt der Geschmacklosigkeit. Sie freute sich über die Tickets und das Geld. Und sie sagte, sie wollte nach der Beerdigung noch etwas länger dableiben. Sie hätte Ruhe nötig. Heute würde ich so gerne fragen: Was für eine Ruhe? Sie tat relativ wenig zu Hause. Ja doch, Rumsitzen!

Sie war kaum weg und ich verließ auch das Elternhaus. Ich konnte nicht mehr. Ich wollte nur weg von dem Platz, an dem das Mitgefühl ausgestorben war. Weg, weg, weg. Ich wollte einfach nur weit weg! Ein Pullover, Waschzeug und Unterwäsche waren mein Gepäck. Ich konnte nicht viel mitnehmen, da mein Vater dachte, dass ich zur Arbeit musste. Was meine Familie in dieser Zeit angeblich durchmachen musste, erfuhr ich neun Monate nach meinem Ausriss. Nein, ich war nicht schwanger in der Zwischenzeit. Reiner Zufall, dass es neun Monate waren. Meiner Meinung nach hatte sich nichts zum Nachteil oder zum Vorteil verändert. Anfangs hatte ich immer befürchtet, meine Geschwister könnten darunter leiden, doch öffnete ihnen mein Fortgehen nur mehr Freiheitstüren. Sie standen weder unter Druck, noch ließen sie sich etwas gefallen von unseren Eltern. Ich konnte nie erfahren, warum ich nicht so geliebt werden konnte. Warum bloß? Sie konnten sich ja gar nicht vorstellen, was ich die neun Monate durchmachen musste und besonders interessiert schienen sie auch nicht daran zu sein! Sie vermuteten es aber bestimmt. Was soll ich sonst gemacht haben? Blöd waren sie ja nicht. Ihre Gleichgültigkeit tat mir in dem Fall gut. Das eine Mal hätte ich wirklich nicht mehr lügen können und war sehr froh, dass sie mich damit in Ruhe gelassen hatten. Mein Ruin war die Bestrafung dafür damals.

Als ich fortgelaufen war, hatte ich kein Dach über dem Kopf. Keine Kleidung, kein Geld. Aber ich war ein Überlebenskünstler. Nein, nein, nein, ich bin schon wieder ein Lügner. Denn ich war kein Überlebenskünstler, sondern hatte mich prostituiert. Schande! Damals hatte ich wirklich, vor lauter Schulden, keinen anderen Ausweg mehr gesehen. Doch tat ich es nur mit Widerwillen. Die Hölle ist kein Vergleich. Dort würde ich jetzt eher einen Besuch abstatten, als noch einmal ein Puffzimmer zu betreten. Zu jenem Zeitpunkt aber konnte ich keinen klaren Gedanken mehr fassen und musste sehr schnell handeln. Ich besorgte mir eine Tageszeitung und blätterte in den Annoncen herum, bis ich auf ein unmoralisches Angebot gestoßen war. Die Angst vor dem Elternhaus war größer als die Angst vor diesen Menschen. Ich musste diese Tätigkeit annehmen, wenn ich so schnell wie möglich runter von den Schulden wollte und um mir eine eigene Wohnung einzurichten. Hätte ich doch nur ahnen können, was für mysteriöse Leute sich dahinter verbargen. Hätte, hätte, hätte........ .

Noch mal von vorne! Ich hatte zwar keine Unschuld mehr, doch Erfahrungen hatte ich auf diesem Gebiet überhaupt keine - und dann direkt in einen Sexpalast! Es konnte ja nicht gut gehen. Und überhaupt, meine Naivität stets immer in der Tasche dabei. Denn als der Chef der Nachtbar zu mir trat, hätten doch bei mir eigentlich die Alarmglocken läuten sollen. Nein, ich war begeistert. Von dem sehr jungen Chef, der perfekt reden konnte. Angebermäßig, aber vielversprechend. Das imponierte einer leicht beeinflussbaren Frau wie mir natürlich auf Anhieb. Er hatte irgendwie Stil und Klasse. Behängt mit Gold fing er an, mich zu «bearbeiten». Er sprach sehr einfühlsam auf mich ein. Schnell gewann er mein Vertrauen. Noch nie in meinem Leben bin ich über solche Herren informiert, aufgeklärt oder gar vor ihnen gewarnt worden. Ich kannte den Begriff der Zuhälterei, doch wusste ich nicht wie solche Typen aussahen. Darum sah ich erst keine große Gefahr bei ihm. Er machte mir viele Komplimente und ich fiel auf den Trick herein. Da wir beide gemeinsam Alkohol tranken, lockerte sich meine Zunge und ich erzählte ihm die ganze Wahrheit.

Da er ein Türke war, was man ihm aber nicht sofort ansah, kannte er die islamischen Gesetze. Er wusste, dass ich nach dem Koran hart bestraft werden könnte, sollten meine Eltern es herausfinden. Es auszunutzen schien ihm nicht besonders schwer zu fallen - im Gegenteil! Ich wurde zu seiner Gefangenen. Oder zu seiner Sklavin?

Ach, zu beidem! Da er mir meine Ausweispapiere weggenommen hatte, kannte er meine Adresse und meinen genauen Namen. Die Erpressungen, die ich von ihm genoss, waren schlimmer als die daheim. Zudem wirkte er mit körperlicher Gewalt auf mich ein, um mich zum Gehorsam zu erziehen. Einmal schlug er mir die Ohrringe vom Ohrläppchen weg.

Ich war nicht sein einziges Opfer. Alleine in dem Club lernte ich später weitere drei Frauen kennen, die unter seinem Zwang dort anschaffen gingen. Er nannte mich bei seinen Freunden: «Das Frischfleisch»! Und es war eine ganze Menge Geld, die ich ihm angeschafft hatte. Ohne Alkohol bekam mich jedoch keiner auf das Vergnügungszimmer. Ich war immer schön abgefüllt, bevor einer meine Dienste in Anspruch nehmen konnte. Sie mussten kräftig bezahlen, da ich eine Menge Alkohol vertragen konnte. Meine Gefühle mussten betäubt werden, sonst hätte ich ganz sicher einen «Freiermord» begangen. Zudem machte es meinem Zuhälter, auf den ich gerne verzichtet hätte, denn ich war keine einzige Sekunde in ihn verliebt oder so ein Zeug, tierischen Spaß, mich vor jedem Freier zu erniedrigen. Entweder schlug er mich vor den anderen Frauen oder er zwang mich, während der Anschaffzeit ihn auch noch zu befriedigen. Weglaufen war mir ehrlich gesagt zu riskant, da er ein brutaler, gefährlicher Krimineller war. Ich musste ihm einfach gehorchen. Man gewöhnt sich an alles. Woran ich mich nie gewöhnen konnte, waren die Freier. Und da war noch jemand, an den ich mich nicht gewöhnen konnte. Das war mein Zuhälter mit seinen widerlichen Sexwünschen. Er war pervers und penetrant. So gerne würde ich ihn ohrfeigen, wenn ich ihn noch mal sehen sollte, doch ich verzeihe ihm lieber, da er ein schwacher

Mensch war. Er war so dumm, sonst wäre er auch kein Zuhälter geworden. Ich sage es ohne Angst vor Rache. Und als ich mich damals entschlossen hatte die Flucht zu ergreifen, fühlte ich auch keine richtige Furcht.

Der Ekel vor diesem und anderen Männern machte mich mutig. Ich wollte auf gar keinen Fall noch länger dort bleiben. Zwar konnte ich nicht nach Hause, da mich dort vielleicht noch mehr Qualen erwartet hätten, doch seine persönliche Sklavin zu sein war einfach inakzeptabel. Also bat ich ihn eines Tages um etwas Geld und heuchelte ihm was von neuen Dessous für die Arbeit und was vom Solarium vor. Er war gnädig, da er auch davon profitieren konnte - dachte er natürlich. Aber Pustekuchen! Ich packte mein bereits angehäuftes Gut zusammen, und riss aus. Bye, bye, Lude. Einerseits war ich überglücklich, andererseits war ich tierisch ängstlich vor meiner neuen Weide. So nennt man die Bordelle in diesen Kreisen. Oder man sagte einfach «Baustelle». Die Zuhälter nannte man Jungs, wenn sie vor einem standen. Waren sie nicht in der Nähe nannte man sie abwertend Loddel oder Lude. Die Prostituierten nannten sich Mädchen, auch wenn sie eigentlich auf den Komposthaufen gehörten. Uuups, sorry! Normale Bürger nannten uns Huren und Zuhälter. Geschmackssache halt. Ich fühlte mich noch nie zur Milieusprache hingezogen, da sie penetrant, pervers und geschmacklos war. Und ganz wichtig, asozial, absolut asozial. Dumm und hirnrissig. Man konnte mit niemandem ein ordentliches Gespräch führen. Warum es mich so lange da gehalten hatte, das war die Scham vor Zuhause. Und irgendwie rutscht man immer tiefer rein. Man bleibt da hängen. Das schnellverdiente Geld hält einen dann, wenn man es vorher nicht in solchen Mengen gewohnt war. Auch wenn es sauer verdient war. Das machte die Sache am Anfang ja noch «einfach», doch wenn die Seele nachts beginnt zu schreien, dann musste doch mein Freund wieder in mein Bett. Er hieß zu Beginn »Johnny Walker« doch später kamen noch seine zwei Brüder, Jim und Jack dazu. So fällt man tiefer und tiefer. Man hat dann keinen einzigen Kontakt zu «normalen» Menschen mehr. Man verkehrt nur noch mit den Nachtsüchtigen und vergisst die Realität. Man redet sich alles schön und setzt die sprichwörtliche rosarote Brille auf. Man wurde zur großen Familie, die sich jedoch überall bekriegte, wo es nur ging. Konkurrenzdenken war gang und gäbe. Tratsch, Betrügerein, Lügen, Drogen und Diebstahl waren das tägliche Brot. Es ging ums nackte Überleben!

Als «Mädchen» ohne einen «Jungen» war man ständig Belästigungen ausgesetzt. Die Zuhälter standen reihenweise vor der Schotte und possierten, d. h. umwarben einen. Und so einfach lassen die sich nicht abwimmeln. Wie die Geier nach Fleisch klapperten sie Puff für Puff ab, um ihre «Herde» zu vergrößern. Das war der Grund warum ich mich für den nächstbesten Zuhälter entschieden hatte, da ich keine Nerven mehr auf das Gelaber der Luden besaß. Ich dachte, ich hätte einen riesigen Fang gemacht. Und mal wieder Pustekuchen! Ich konnte satt werden vor lauter Pustekuchen in meinem Leben. Die Falle schnappte wieder zu und ich war wieder versklavt. Bingo! Meine Dummheit wurde mir immer einen bis zwei Monate später bewusst. Wenn der Alltag seinen Lauf nahm. Der neue Typ war der Brutalste von allen, die mir je begegnet sind. Er schlug mich mehrfach krankenhausreif. Übersät mit blauen Flecken und Veilchen, musste ich nach einer Behandlung im Krankenhaus wieder am Fenster stehen. Er war gnadenlos. Er brachte mich sogar soweit, dass ich nicht nur abhauen wollte, nein ich schwor Rache! Denn er hatte eine Schwäche. Er war saudumm. Ich meine so richtig blöd. Kein bisschen Gehirn vorhanden. Er konnte nur mit Gewalt kommunizieren. Das gab mir die Kraft, eine gute Racheaktion auszuhecken. Ich wollte ihn unbedingt erniedrigen. Es gelang mir. Sein Heiligtum war sein Porsche Carrera und sein Handy. Handys hatten damals nur ein paar Reiche. Das fand ich perfekt. Er lieh mir nach langem Betteln sein Auto für einen angeblichen, allerdings nicht vorhandenen Begleitservice. Und damit wir in Kontakt bleiben sollten , fragte ich ihn auch nach dem Telefon. Wie gesagt, er war strohdoof und freute sich nur über diesen Termin. Adieu Porsche, adieu Handy. Unterwegs rief ich ihn an und sagte ganz locker: »Hey, Machoman, was hältst du davon, wenn ich jetzt dein Baby gegen die Leitplanke fahre?« Er noch ganz ruhig: »Wag es nicht. Ich reiß' dir den Kopf ab, wenn ich Dich finde!» «Ja, ja, wenn du mich findest, Penner! Ach, übrigens, wenn du gleich einen Knall hörst, dann ist es noch nicht dein, aber dann war es dein Handy, was ich genau jetzt aus dem fahrenden Auto werfe!» Was er danach wohl gesagt hat? Ich weiß es nicht, und habe es auch nie erfahren. Das Handy flog nämlich auf die leere Autobahn. Einen Unfall konnte ich ja nicht auf der Autobahn bauen, aber dafür fuhr ich von der Autobahn ab und parkte sein Baby gegen eine Laterne, schlitzte die Sitze mit einem Messer auf und warf die Schlüssel in einen Gully. Es war zwar noch ein langer Fußmarsch bis in die Stadt, wo ich ein Taxi nehmen konnte, aber vor lauter innerer Genugtuung nahm ich die Strecke gar nicht wahr. Als ich eine Telefonzelle sah, rief ich ihn noch einmal an: »Hey, armes Schweinchen, jetzt hörst du mir zu. Solltest du mich

wegen dem Unfall bei den Bullen verpfeifen, dann zeig'
ich dich wegen Zuhälterei an!« Ich hörte noch wie er am
Schreien und am Brüllen war, aber ich legte einfach auf.
Danach hörte ich nie wieder von dem Dummkopf. Der
Bahnhof war mein Zufluchtsort. Dort war viel Polizei,
also konnte mir nichts passieren. In einer Gaststätte
trank ich Kaffee mit Rum und überlegte mir, wohin ich
nun sollte.

Ich nahm allen Mut zusammen und fuhr zu meinen
Eltern zurück. Nach auf den Tag genau neun Monaten!
Meine Eltern hatten eine gründliche Verwandlung
durchgemacht. Sie hielten mir keine Vorträge und ließen
mich, wie gesagt, in Ruhe. Kennen Sie noch den Puste-
kuchen-Effekt? Ja, da war er wieder, nach nur vier glück-
lichen und lügenfreien Tagen. Meine Mutter kam mit der
Standartfrage: »Sag mal, hast du kein Geld mitgebracht?
Du hast bestimmt irgendwo gearbeitet?« Hey, jetzt
reicht's! Schluss mit den Lügen, Schluss mit dem Druck.
»Mein Exfreund hat mir mein Geld weggenommen.
Alles. Ich habe gar nichts mehr, sogar meine Klamotten
habe ich zurückgelassen. Ich wollte nur zurück nach
Hause. Und ich werde nicht sagen, wer er war. Es ist für
mich aus und vorbei und ich will hier neu anfangen.« Die
Wahrheit tat gut. Doch meine Mutter gab sich mit der
Antwort nicht zufrieden. »Ja, jetzt bist du schon vier
Tage hier, wann wolltest du dir denn eine Arbeit suchen?
Wir haben nur Schulden, weil du uns im Stich gelassen
hast. Wir mussten Kredite aufnehmen, weil wir deinen
Lohn nicht mehr hatten. Du lässt uns alleine und denkst,
dass wir dich jetzt auch noch finanzieren. Und komm
mir nicht mit dem modernen Zeug an, wie, ich bin psy-
chologisch am Ende. Aber wenn du nicht mehr arbeiten
willst, dann heirate doch, dann ist das Problem gelöst.«

Ein Problem war ich also! Na gut. Übrigens war der Kredit, für den mein Vater gebürgt hatte, schon lange abbezahlt.

Da ich auf die Schnelle keine richtige Arbeit finden konnte, musste ich zurück in den Puff. Wenn ich für die Typen anschaffen konnte, dann konnte ich das für meine Familie, die ich liebte, doch erst Recht. Meine Eltern fragten nicht mehr wo oder was ich für eine Arbeit hatte. Sie wollten nur wieder Geld. Die Menge war sehr wichtig. Grenzt fast an Zuhälterei, wenn sie davon auch noch gewusst hätten. Meine Brüder rochen Lunte und beschimpften mich nach kleinen Diskussionen mit «Du Hure, du Alkie, du Junkie.» Und all sowas und meine Eltern unternahmen nichts. Meine Brüder entwickelten sich außerdem zu Kriminellen, aber meine Eltern duldeten es. Da hat man dann keinen Spaß mehr am Zuhause. Abgesehen davon standen meine Brüder mehr als einmal vor mir und bettelten mich um Taschengeld an. Eine Stunde, nachdem sie bekommen hatten, was sie wollten, beschimpften sie mich wieder.

Ich spielte das Spiel lange mit. Ein Jahr lang ließ ich sie mich beleidigen und ausbeuten. Ich hatte ihnen alles gegeben, was ich hatte, in der Hoffnung, dass sie mich doch lieben könnten. Nach einem Jahr wachte ich endgültig auf und ich packte meine Sachen und sagte ihnen, ich ginge weg, da sie mich nicht leiden konnten. Ich solle eben gehen, sagten sie. Ich würde schon meine Strafe bekommen. Sie drohten mir auch noch mit gerichtlicher Ausweisung in die Heimat. Obwohl ich schon lange eine andere Staatsbürgerschaft angenommen hatte und mehr als nur volljährig war - und das wussten sie auch. Sie wussten einfach nicht mehr, wie sie mich erpressen konnten. Da ich mir damals einen Hund angeschafft hatte, nahmen sie ihn mir weg und versuchten mich wochenlang damit zur Rückkehr zu erpressen! Als das nicht zog, gaben sie ihn in ein Tierheim. Als ich davon erfuhr, besuchte ich das Tierheim, erklärte ihnen die Sache und wollte meinen Hund wiederhaben. Er war schon vermittelt und ich konnte ihn nie wiedersehen. Ich war sehr traurig und wollte es meinen Eltern nie verzeihen. Dafür meldete ich mich mehr als ein Jahr nicht mehr bei ihnen und es tat mir nicht ein bisschen leid.

Die Tätigkeit im Bordell wurde leichter, da mir die anderen Damen beigebracht hatten, wie man richtig anschafft. Ich lernte «auf Falle» zu arbeiten und wie man Geld abzieht. »Falle schieben» heißt, dem Kunden den Geschlechtsverkehr mit einem Trick, den ich aus Solidarität zu den noch tätigen Damen nicht verrate, vorzutäuschen. Und man machte auch Versprechungen, die man im Zimmer nicht mehr einhielt, weil man mehr und mehr Geld abzocken musste. Es könnte ja der letzte Freier für den Tag gewesen sein. Die Garantie, dass man jeden Tag gut verdiente, war nicht gegeben.

Ich lernte, mit dem Geld umzugehen. Ich kaufte mir auch ein Handy, ein kleines, brandneues Auto und hatte mir eine sehr schöne moderne Wohnung eingerichtet und besaß sogar ein eigenes dickes Konto. Meine Saufereien waren nur noch gelegentlich, doch Joints rauchte ich trotzdem noch, da ich damit relaxen konnte. Ich kannte keine Schulden mehr und keine Angst vorm nächsten Tag. Doch ich war einsam und alleine. Ich brauchte einen Freund. Keinen Zuhälter, keinen Ausbeuter, nein, einen Freund. Das wusste bereits jeder in meinem Bekanntenkreis. Die einen oder anderen nahmen schon an, dass ich vom anderen Ufer wäre und so begannen einige dieser verdrehten Damen um mich zu werben. Igitt, igitt! Jedem das Seine, aber nicht mit mir. Sicherlich nicht. So liebeshungrig war ich dann doch nicht, Gott sei Dank nicht. Ich war zwar einsam, aber hetero. Ich konnte zwar keine Männer mehr ausstehen, da ich nur noch von ihnen umgeben war, doch sehnte ich mich nach einem netten Vertrauten. Die liefen aber nicht mal eben so im Rotlichtmilieu herum. Die anständigen Kerle würden doch in kein Bordell gehen und ein Lude schied aus. Eine «Hurenweisheit» war: Einmal Freier, immer Freier. Und einen von diesen perversen Lustmolchen wollte ich nicht. Dann lieber einsam bleiben, nahm ich mir felsenfest vor.

Bis zu jenem Tag. Es war ein zwei Meter großer, blonder Anabolikaverschnitt. Seine Frau schaffte ein Haus weiter an und er war auf einen Sprung bei unserer Puffmutter. Das sind die Tanten, die für die Frauen Kaffee kochen und sauber machen, und und und. Er stellte sich vor und benahm sich richtig albern. Das passte gar nicht zu so einem Kerl. Ich schnupperte sofort seine Blödheit. Sein achter BMW war sein Stolz und seine Rolex-Uhr blinkte an seinem Handgelenk. Erst dachte ich, was für ein Muskelpaket. Nach einer Woche dachte ich, was für ein fetter Waschlappen. Er war zu faul zum Arbeiten und zu faul zum Trainieren. Er schluckte Anabolika und lag den ganzen Tag auf der Couch herum. Als wir uns kennen gelernt hatten, warnte ich ihn. Ich sagte ihm deutlich, dass ich keinem Mann in meinem Leben mehr Geld schenken wollte. Geglaubt hatte er das wohl nicht, da er darauf einging. Er sagte, er hätte schon andere Frauen vor mir solche Sprüche reißen hören. Er war wirklich von sich überzeugt. Er lobte sich ständig in den Himmel hoch, obwohl er so fett und blöd war. Dass er verheiratet war, sah ich nicht als Problem an, da ich ihn sowieso nur abzocken wollte. Es klappte wie am Schnürchen. Es war wirklich ganz einfach. Da hatte ich die Bestätigung, dass der größte Teil der Luden nicht sauber tickte. Sie waren auch nur Menschen. Menschen, die es im richtigen Leben nicht weiter als bis zum Sozialamt geschafft hätten. Dumme Männer, die sich ganz wichtig vorkamen. Was wohl seine Frau gesagt hat, als sie erfuhr, dass ich ihn in den fünf Monaten bankrott gezockt hatte? Und sie ging dafür anschaffen! Ich dagegen hatte eine schöne Zeit. Ich ließ ihn mich einladen, rumfahren, einkleiden und fuhr mit ihm in Urlaub, doch vorher sollte er sein Auto verkaufen, damit ich ihm glauben würde, dass ich ihm wichtiger wäre als seine Frau. Er machte es tatsächlich. Idiotisch, oder? Den Erlös nahm ich ihm Stück für Stück ab. Ich brauchte mal hier Geld, mal da. Er war verheiratet, ein Lude und doch machte er, was ich wollte. Er glaubte mich so possieren zu können und merkte nicht einmal, dass ich die Spielkarten mischte. Er fand meine rassige Art ganz toll. Spinner!

Nach dem Urlaub machte ich mit ihm Schluss und zusätzlich noch eine kurze Pause. Das Geld hatte ich ja. Daheim, wovon er nichts wusste. Er wusste nicht mal, dass ich eine eigene Wohnung hatte. Er glaubte, ich wohne bei meinen Eltern. Keiner kannte mehr die Wahrheit über mein Privatleben. Wozu auch? Es brachte doch nur Ärger, wenn man ehrlich zu diesen Menschen war. Das war auch der Grund, warum ich nicht spätestens da ausgestiegen bin. Man verliert jeglichen Kontakt zu den soliden Menschen und außerdem dachte ich immer, dass die Menschen mir ansehen würden, woher ich kam. Aus dem Bordell. Dafür hatte ich mich immer geschämt und es hat sich bis jetzt nichts daran geändert. Meine Kleidung blieb zwar all die Zeit, die ich im Bordell verbracht hatte, unauffällig. Ich zog mich wie eine normal junge Frau an. Nie so auffällig wie einige Damen aus den Kreisen, obwohl es sich heutzutage auch schon geändert hat. Man sieht es wenigen Frauen an.

Was man den meisten Frauen in diesem Milieu auch nicht ansehen konnte, war die Abhängigkeit. Jede war nach irgendwas süchtig. Bei den einen waren es Pillen, bei anderen Kokain und wieder andere waren Alkoholikerinnen. Jede hatte so ihr Päckchen zu tragen, für die eine war es schwerer, für die andere einfacher. Was das Leben ihnen halt so gab. Viele waren hoffnungslos drogensüchtig und ihre Zuhälter förderten den Drogenkonsum, weil die vielleicht sogar selbst Dealer waren. Meistens waren sie wirklich Drogenhändler. Die Frauen redeten sich ein, damit besser arbeiten zu können. Und überhaupt hatten sie ja keine Probleme damit, sagten sie. Natürlich hatten sie mit den Drogen keine Probleme, aber ohne Drogen, da hatten sie ein Problem! Das ist meine Meinung. Ich dagegen gönnte mir hier und da eine Pause und ging immer einige Zeit auf Abstand. So machte ich unbewusst den Entzug vom Alkohol. So vermied ich die sogenannten »Puffkoller«. Doch ich ging immer wieder zurück in den Puff, weil ich Angst hatte, im normalen Leben wieder zu versagen. Ich wollte die Armut nicht mehr. Ich hatte die Nase voll von der Vergangenheit. Ich wollte weiterkommen und etwas schaffen. Mehr als nur eine Wohnung oder ein Auto.

Eines Tages lernte ich einen Rocker kennen, der schon im Milieu verkehrte. Er war ein Anhänger eines weltberühmten Motorradclubs. Er war megahässlich und super in Ordnung. Er war echt gut drauf und anders als die anderen. Hässlich, aber klasse. Warum nicht, zumal er auch noch ein echter Single war. Na, ja, kein Wunder bei dem Aussehen. Doch hatte er ein sehr großes, soziales Herz. Mich behandelte er voller Respekt und hielt immer zu mir. Ich musste nicht mal für ihn anschaffen. Er hatte selber Arbeit und war nicht von mir abhängig. Ich konnte mich in dieser Beziehung entfalten, obwohl wir in den drei Jahren, in denen wir zusammen wohnten, nur sage und schreibe drei Mal, und das ziemlich zu Beginn, Geschlechtsverkehr hatten. Die letzten zwei Jahre lebten wir rein platonisch. Ihn hatte es sehr gestört, mir war das egal. Es wurde mit der Zeit zur Zweckbeziehung. Mehr nicht. Wir konnten uns immer aufeinander verlassen. Vor allen Dingen konnte er sich mehr auf mich verlassen als umgekehrt. Ich machte damals jeden Blödsinn mit, zu dem er mich angestiftet hatte. Es waren illegale, strafbare Handlungen, die ich für ihn und seine Freunde veranstaltet hatte. Höchst kriminell, doch es waren ja meine Freunde und ich konnte sie nicht im Stich lassen. Ich war die einzige Frau, die alles mitgemacht hatte, ohne irgendwie Angst zu verspüren. Ich war dreist und nicht so leicht abzuschrecken. Aber als Frau wird man weniger verdächtigt, wenn es um Waffenbesitz in Diskotheken geht. Also meine Freunde besaßen die Knarren. Und gab es mal eine Polizeikontrolle, dann schmuggelte ich die Schießeisen raus aus der Polizeimenge. Es war sehr dumm von mir. Zumal ich bestimmt auch noch geschwiegen hätte, wenn ich doch mal dabei gepackt worden wäre. Für meine Schweigsamkeit in solchen Dingen war ich nicht nur bekannt, sondern wurde auch geliebt und respektiert. Einmal in meinem Leben war ich in etwas besser als alle anderen Frauen. Im Schweigen. Das gefiel besonders den Rockern und ich war fast ein Mitglied. Nun ja, in einigen Ländern sind die Frauen aus den Motorradgangs, die sogenannten Rockerbräute, selber keine Mitglieder, da sie nur Begleitmaterial für die Biker sind.

Ich war keine Rockerlady. Ich war ein Kumpel. Daher kam ich gut mit meinem Rockerfreund aus. Wir mussten uns nicht anlügen und Streit gab's auch nie. Auch nicht, wenn er neben mir noch andere Frauen nahm, um seine Lust zu befriedigen. Aber da ich es ihm nicht bieten konnte oder wollte, akzeptierte ich seine Seitensprünge. Es war zwischen uns so abgesprochen. Mich hat es gar nicht gestört. Im Gegenteil. So hatte ich immer meine Ruhe im Bett. Dafür hatte ich auch meine Freiheiten wie ich wollte. Wir schafften es zu einem eigenen Mehrfamilienhaus, einem Hund, zwei Autos und zwei «Harley Davidsons». Uns ging es sehr, sehr gut. Wir hatten immer reichlich Geld im Haus, um nicht zu sagen im Überfluss. Doch glücklich war ich zum Schluss nicht mehr. Der Wunsch nach dem Gefühl des Verliebtseins stieg von Tag zu Tag. Von Stunde zu Stunde. Obwohl das Eigenheim und die anderen Sachen auf meinen Namen liefen und offiziell mir gehörten, verspürte ich den Drang nach etwas Neuem.

Ich war in dieser perfekt laufenden Beziehung todunglücklich. Zumal ich zu Unrecht meinen Führerschein verloren hatte. Nicht zu Unrecht, denn ich war mal wieder selbst schuld. Also, ich verlieh mein Auto an einen guten Freund. Er baute aber nachts einen Unfall unter Alkoholeinfluss und beging auch noch Fahrerflucht. Er stellte das Auto ein paar Straßen vom Unfallort entfernt ab und rannte fort. Ich wurde in derselben Nacht verhaftet und verhört. Aber ich schwieg und schwieg. Ich sollte den Namen nennen, da nach den Ermittlungen der Polizei der Fahrer männlich sein musste. An dem Abstand vom Pedal bis zum Sitz hatte man es rausbekommen. Ich dagegen machte eine Falschaussage und unterschrieb ein Geständnis. Der Richter versuchte mich noch bei der Verhandlung davon zu überzeugen, die Wahrheit zu sagen, ich blieb stur. Zwei Jahre Führerscheinentzug und eine hohe Geldstrafe. Sehr hoch. Doch damals wollte sich dieser Freund noch revanchieren, doch er wurde wegen anderer Straftaten, ein Jahr später, hinter Gitter gebracht.

Ich hatte also keinen Führerschein mehr, aber alles andere hatte ich im Überfluss. Alles was man zum Leben brauchte hatte ich reichlich, nur keine Liebe. Er versicherte mir zwar, dass er mich lieben würde, doch beruhte dies nicht auf Gegenseitigkeit. Er war wie ein guter Freund, ein Geschäftspartner, aber bestimmt nicht meine große Liebe. Er war fast wie ein Bruder. Mein Herz trauerte vor Sehnsucht. Da wir über alles sprechen konnten, wusste er von meinen Gefühlen. Um mich zu halten, bot er mir das an, was ich mir innerlich schwer gewünscht hatte. Ich solle die Tätigkeit beenden und mit ihm ein Baby bekommen. Ferner bekam ich einen Heiratsantrag, der mir leider nichts bedeutete, da er vom falschen Mann kam. Mein Verstand war stets immer für diese Beziehung, doch mein Herz rebellierte. Wir waren gemeinsam sehr stark und nichts konnte uns trennen. Leid wollte ich ihm aber auch nicht gerade zufügen und ich gab nach. Das schien mir im ersten Moment das Richtige zu sein. Er zögerte nicht lange und machte einen Termin beim Standesamt. Eine Rockerhochzeit sollte es werden, mit all seinen Motorradbrüdern. Also eine riesige, beinahe königliche Hochzeit. Teuer, schön und unheimlich unromantisch, da ich nicht den geringsten Hauch von Glück verspürte. Im Gegenteil, ich war deprimiert, weil ich es eigentlich nicht so richtig gewollt hatte. Meine

Eltern waren eingeladen, doch gekommen sind sie nicht. Das hatte die Geschichte noch bitterer gemacht und ich annullierte gleich nach drei Tagen diese schreckliche Ehe. Vor allem, er wollte ja auch noch eine Hochzeitsnacht und ich dachte wirklich, dass ich ihn nach der Trauung doch lieben könnte! Geliebt hatte ich ihn auf eine gewisse Weise schon, doch reichte es gerade mal für ein geschwisterliches Gefühl. Ich konnte ihn als Partner nicht ausstehen und da er mich nicht verlieren wollte, stimmte er der Annullierung zu. Gegen seinen Willen, aber eine Alternative gab ich ihm nicht. Entweder, oder! Wir sprachen es ganz genau durch und er musste es einsehen. Dass er verletzt und enttäuscht war, war mir, ehrlich gesagt, vollkommen gleichgültig. Die Lüge wollte ich nicht ein Leben lang mit mir herum tragen. Zumal ich heimlich in einen anderen verliebt war. In meinen Traummann. Das meine ich im Ernst. Er war ein Traummann, da ich ihn nur in meinen Träumen gesehen hatte. Und immer wenn es mir sehr schlecht ging, ließ ich den Tagträumereien freien Lauf und ich sah ihn. Er hatte blaue Augen, die leicht verschlafen aussahen. Sein Lächeln war verzaubernd und er war wunderhübsch. Davon wusste meiner damals nichts. So locker ging es bei uns nun auch wieder nicht zu. Wer weiß, was er mit mir gemacht hätte, wenn er erfahren hätte, dass ich in ein Traumbild verschossen war. Ja, Mord und Todschlag waren garantiert. Leicht übertrieben, doch es hätte sicherlich ganz schön gekracht. Also blieb es mein Traum. Und ich glaubte nicht, dass der Wunsch nach diesem Mann mich je in Ruhe lassen würde. Ich konnte diese faszinierenden Augen nicht aus meinem Kopf verbannen. Klar und deutlich sah ich sie vor mir und bat innerlich, ihm doch einmal zu begegnen. Ich traf oft so ähnliche Augen, aber dann stimmte dies oder jenes nicht. Entweder war das Lächeln hässlich oder sein Benehmen passte nicht zu meinem Traummann. Ich hatte eine genaue Vorstellung. Herzflattern bekam ich , wenn ich von ihm träumte. Ich wollte ihn dann doch suchen. Ich wusste, irgendwo da draußen, da wartet mein Schatz auf mich und träumt vielleicht von mir.

In diesem Land hatte ich die Hoffnung verloren und entschied mich eines Tages für einen Auslandsaufenthalt in einem Nachbarstaat. Es sollte mit einem Arbeitsplatzwechsel einhergehen. Und ich konnte kurz Abstand von meinem Noch-Freund gewinnen. Noch-Freund, dass klingt doch hoffnungsvoll. War es auch. Denn gleich einen Tag nach meiner Ankunft glaubte ich mal wieder tagzuträumen. Ich sah die Augen, das Lächeln, den schüchternen Blick und so viel Vertrautheit. Von diesen Augen, die an den Schauspieler «Leonardo Di Caprio» erinnerten, träumte ich schon als junges Mädchen. Darum schienen sie mir so vertraut und so real dieses Mal. Oh, nee, es war kein Traum. Da stand er vor mir und ich verspürte nichts mehr. Ich stand da, konnte nichts sagen, mich nicht bewegen. Und er lächelte mich an und ich glaubte abzuheben. Schmetterlinge im Bauch. Mein Herz tanzte herum und ich war wie gelähmt. Zurücklächeln konnte ich gerade noch. Doch leider lief er im Puff herum, also ein Freier. Die sind jedoch gegen meine Moralvorstellung. Sie wissen schon, einmal und dann immer. Dann nie! Plötzlich kommt er auf mich zu und stellt sich vor. Das hat doch keinen Sinn, Junge, dachte ich mir. Aber, ha ha ha, er war der verantwortliche Leibwächter dieses Hauses. Er war da fest eingestellt, betreute und beschützte die Damen, die dort ihre Zimmer mieteten. Er war sehr jung und wunderschön. Es war so ein echtes Déjà-vu-Erlebnis. Er entsprach nicht nur meinen Wünschen, nein er übertraf diese noch. Verliebt bis über beide Ohren! Endlich. Blieb also nur noch die Frage, ob er meine Liebe erwidern würde. Schließlich war er noch von zig weiteren hübschen Mädchen umgeben. In den nächsten Tagen horchte ich ihn aus und flirtete bis zum Gehtnichtmehr. Leider erfuhr ich, dass er eine langjährige Freundin hatte. Doch mit diesen Schicksalsschlägen rechnete ich schon immer von Anfang an. Die Enttäuschung fühlte sich an wie ein Dolch mitten ins frisch verliebte Herz, und trotzdem musste ich es akzeptieren. Ich reiste gleich am gleichen Tag ab, ohne mich von ihm zu verabschieden. Ich wählte einen Zeitpunkt, als er nicht da war. Zurück zur alten Umgebung. Aber er ging mir nicht mehr aus dem Kopf und ich beschloss, nicht so schnell aufzugeben, wo ich ihn jetzt doch gefunden hatte. Ich musste einmal in meinem Leben egoistisch denken, um mich zu verwirklichen. Ich konnte ihn nicht so leicht vergessen. Er war so perfekt, dann musste seine Freundin eben die Dumme sein.

Ich reiste eine Woche später zurück und nahm mir fest vor, ihn zu bekommen. Ich musste nicht sehr viel dafür tun. Denn als wir uns wiedersahen, verspürte ich auch eine Freude von seiner Seite. Und einen Abend später gingen wir schon aus. Ich musste ihn zwar dazu überreden, da er mit den Frauen keinen privaten Kontakt haben durfte. Von seinem Chef aus, dem Bordellbesitzer. Heimlich trafen wir uns und er gestand mir auch, dass er sich sofort in mich verliebt hatte, als wir uns das erste Mal begegnet waren. Peng, Amorspfeile trafen direkt in unsere Herzen. Er war wirklich verliebt und beendete seine Beziehung zu der anderen. Ich dagegen musste etwas abwarten, da ich viel zu verlieren hatte.

Im Milieu gab es immer ungeschriebene Gesetzte und ein grober Verstoß konnte in einer Katastrophe enden. Ich wollte dieses Risiko nicht eingehen. Zumindest noch nicht, und er hatte Verständnis dafür, da es wahre Liebe war. Ich wollte wissen, wie weit er mit mir gehen würde und stellte ihm einige Fragen. Auch die berühmteste Frage der Welt, obwohl wir uns kaum kannten. Seine Antwort kam zögernd, aber er sagte ja. Er konnte es nicht fassen, dass ich ihn heiraten wollte. Es war mein Ernst. Seine Antwort allerdings auch. Wir wollten nicht mehr länger das heimliche Paar spielen. Ich fuhr zurück, um die Sache zu regeln. Lange schon gab ich es auf, mein Leben auf Lügen aufzubauen. So kam, was kommen musste. Als mein Exfreund von der Trennung und dem neuen Freund erfuhr, rastete er aus. Noch nie hatte ich ihn so aufgeregt erlebt wie an dem Tag. Er hatte sich verwandelt. Er schlug auf mich ein und brüllte mich laut an. Er sah es nicht ein, dass er mich gehen lassen sollte. Er wollte um mich kämpfen. Nicht mit Schlägen, aber sonst irgendwie. Er drohte mir und versuchte mich zu erpressen. Er wurde von Dr. Jeckyll zu Mr. Hyde! Mich beeindruckte es jedoch nicht. Ich kannte den Preis. Und als ich ihm endgültig gesagt hatte, dass ich meine große Liebe gefunden hatte und alles dafür tun würde, nahm er mir alles weg. Das Haus, das Auto, den Hund und das Motorrad. Alles. Ich überschrieb ihm alles, was mal uns gehört hatte. Mehr von mir als von ihm, doch mir war es wichtiger zu meinem Schatz zu kommen. Er war zu meiner höchsten Priorität geworden. Ich ließ alles zurück und folgte meinem Herzen. Nichts, aber auch wirklich nichts, war mir wichtiger, als meinen Schatz wieder in die Arme zu schließen. Drei Wochen hatte es gedauert und ich war frei für ein neues Leben.

Als ich in das Land zurückkehrte, in dem meine Liebe lebte, wusste ich nicht, wie schwer ich es hier erst haben würde. Das ganze Land schien mir eine Hürde zu sein. Doch mit der ganzen Liebe und der grenzenlosen Hilfe meines Mannes überstand ich jedes Hindernis. Ich war noch nie so verliebt gewesen, wie in ihn. Er war genau so, wie ein Traummann sein sollte. Er war und ist so lieb. Ich bin nach wie vor unsterblich in ihn verliebt und lasse mir diese Ehe durch niemanden zerstören. Er und unsere Tochter waren das schönste und kostbarste Geschenk meines Lebens. Und ich werde ewig dankbar dafür sein. Ich liebe ihn und meine kleine Prinzessin über alles und werde sie ehren und schätzen. Sie sind zu meinem Lebensinhalt geworden und darüber bin ich mehr als nur glücklich. Obwohl, das Glück schien am Anfang nicht auf meiner Seite zu sein. Da ich meine arabischen Dokumente für die Eheschließung benötigte, hatte ich ein großes Problem, denn die konnte ich nur in meinem Geburtsland bekommen. Dafür setzte sich meine zweitälteste Schwester in der Heimat dafür ein Das war ein Hin und Her! Für sie da drüben und für uns hier. Bis wir alles hatten vergingen Monate und in der Zeit wurde ich schwanger. Von beiden gewollt und vorher geplant. Ein Wunschbaby. Im sechsten Monat schwanger konnten wir dann endlich heiraten. Nur seine engsten Familienangehörigen waren anwesend, da es eine Hochzeit in kleinem Rahmen werden sollte, da wir nicht viel Geld hatten. Meine Eltern wurden erst gar nicht eingeladen. Die schloss ich von vornherein aus, obwohl sie meinen Mann schon vor der Ehe gesehen hatten. Wir besuchten sie zum Jahreswechsel, doch gefreut haben sie sich nicht. Was sollten sie dann auf meiner Hochzeit? Und gekommen wären sie ja sowieso nicht. Ich versuchte trotzdem, den Kontakt zu ihnen wieder zu pflegen, doch die Post, die ich von ihnen erhielt, wenn sie zwei Mal im Jahr schrieben, war schrecklich. Sie hatten nur Negatives zu berichten und versuchten sogar zum Schluss Druck auszuüben. Als dies nicht mehr zog, wünschte mir meine Mutter Unheil. Da beendete ich den Kontakt und bat sie, mich endgültig in Ruhe zu lassen. Seit dem höre ich nichts mehr von ihnen. Nur von meiner Schwester, die in der Heimat lebt und von meiner Mutter alleine gelassen wurde. Sie hatte sich nämlich scheiden lassen und wohnte mit ihrer Tochter alleine. Hilfe bekommt sie von unserer Mutter, die ihr damals zur Scheidung geraten hatte, nicht. So bald ich Fuß gefasst habe, werde ich mich mal um sie kümmern. Im Moment hat sie mehr als ich. Doch zurück zum Punkt.

Wir heirateten und unsere Tochter war bald da. Ich hatte lange vorher, auf sein Drängen, mit der Tätigkeit abgeschlossen. Einen Bauch sah man erst im siebten Monat. Und als sie zur Welt kam, waren wir die glücklichsten Eltern der Welt. Sie war so klein, so süß, so bezaubernd. Ich schwor, ihr alles zu geben, was in meiner Macht lag. An Liebe mangelt es ihr nicht bei uns beiden, auch wenn es materiell nicht immer so reibungslos läuft. Wir haben sehr große finanzielle Sorgen, doch schaffen wir es immer wieder, die Kurve zu kriegen. Mein Mann hörte eines Tages auch auf, dort zu arbeiten und suchte sich eine Arbeit beim Gerüstbau. Ich habe noch keinen Anspruch auf staatliche Zuschüsse, da ich noch kein ganzes Jahr in diesem Land steuerpflichtig gearbeitet habe. Manchmal verzweifeln wir an der Situation, wenn nicht mehr ausreichend Geld im Haus ist, doch meistens scheint sofort danach wieder die Sonne. Im Moment kriselt es hier wieder und ich habe Angst, meinen Mann zu verlieren. Manchmal denke ich, dass es meine Schuld ist, dass es uns nicht so gut geht, da ich keine Arbeit habe.

Ich hatte nach der Geburt schwere Depressionen bekommen und musste medikamentös behandelt werden. Danach versuchte ich zum ersten Mal, eine richtige Arbeit zu finden. Da ich die Sprache nicht richtig beherrschte, konnte ich nicht direkt in einem Krankenhaus arbeiten. Ich fing in einer Zigarrenfabrik an zu arbeiten. Es arbeiteten nur Frauen da, die die Schule nur von außen kannten, falls Sie wissen, was ich meine. Strohdoofe Frauen. Weil ich ihre Sprache noch nicht so beherrschte, wurde ich ausgelacht und auf Grund meiner Vergangenheit wollte niemand von ihnen was mit mir zu tun haben. Ich verspürte zum ersten Mal rassistisches Gedankengut am eigenen Leibe. Man tratschte öffentlich über mich, ob ich dabei war oder nicht. Sie sabotierten meine Maschinen, weil ich die Arbeit für sehr einfach hielt. Sie dagegen hatten es schwerer und hassten mich dafür. Sie waren nur faule, dicke Analphabeten. Dass ich fast sieben Sprachen sprechen konnte und noch kann, konnten sie nicht wissen. Ich war ihnen überlegen und dafür musste ich leiden. Sie mobbten mich täglich, bis ich das Handtuch warf und wieder zurück zum Arzt musste. Die Depressionen waren zurückgekommen. Ich brauchte Schlaftabletten, weil ich mit der Welt nicht mehr zurecht gekommen bin. Ich wollte es packen und die Menschen wollten mir einfach keine Chance geben. Ich wurde gnadenlos in die Mangel genommen. Ich verspürte jedoch ständig das Gefühl, dass ich ihre Gedanken lesen konnte und ich wurde von irgendwoher gewarnt.

Ich kann ihnen das nicht genau erklären, aber ich fing an wieder diese übersinnliche Kraft zu fühlen. Ich wollte mich darauf verlassen und hielt mich an diese innere Stimme. Alles ist eingetroffen, was ich dachte, fühlte oder träumte. Ich sprach mit meinem Mann darüber, der mir sofort glaubte. Es wurde schlimmer. Ich wusste, was sie dachten und was sie wieder aushecken wollten und war darauf vorbereitet, so dass ich ihnen zuvorkommen konnte. Das verärgerte sie und sie trieben es immer schlimmer und schlimmer. Ja, bis ich gekündigt hatte und wie gesagt, zu meinem Hausarzt gegangen war. Um die innere Stimme kümmerte ich mich nicht mehr, da ich nicht mehr so abergläubisch war. Ich versuchte es zu verdrängen. Ich hatte es so schon schwer genug gehabt. Mir wurden, ob beim Bäcker oder auf den Ämtern, Knüppel zwischen die Beine geworfen. Meine Umwelt konnte mich nicht akzeptieren, da ich eine ehemalige Prostituierte war.

Meine Schwiegermutter nannte es, mich akzeptieren. Ja, sie sagte, sie würde mich akzeptieren. Warum sagte sie nicht gleich, dass ich nur geduldet war. Und ich nannte sie liebevoll »Mom«! Dabei führt gerade sie ein ziemlich wildes Liebesleben. Ständig neue Affären, denn sie hatte sich scheiden lassen, als mein Mann noch sehr klein war. Er erzählte mir, wie er unter ihren wechselnden Beziehungen gelitten habe und wie gerne er bei seinem Vater geblieben wäre. Seine Mutter hatte ihn oft böse geschlagen und verteidigte nur seine jüngere Schwester. Sein Vater hatte sich zuerst auch dafür eingesetzt, dass mein Ehemann damals bei ihm aufwachsen könne. Seine Mutter wollte es aus Rache und Geldgier nicht zulassen. Ihre Begründung war erst, dass man Geschwister niemals trennen sollte. Dass der kleine Junge bei seinem Vater sein wollte, kümmerte sie nicht. Als sie einen jüngern Mann kennen lernte und dieser sich auch eher zu der

Tochter hingezogen fühlte, wurde mein Mann schrecklich behandelt. Von ihr und seinem neuen Stiefvater, den er nie akzeptieren konnte. Als er ein Alter erreicht hatte, in dem er ihr nur noch im Weg stand, schickte sie ihn auf ein Internat. Da konnte man auf einmal Geschwister trennen. Und als sein Vater nicht zahlen wollte, wurde er zu den Großeltern befördert, wo er einige Jahre auf der Couch geschlafen hatte. Sie hatten nicht sehr viel, und doch gaben sie ihm ein Zuhause.

Die Tochter durfte aber bei ihr bleiben, bis sie achtzehn wurde und selber ausziehen wollte. Sie hatte auch nie Schläge bekommen wie der Bruder und ständig wurde sie bevorzugt. Sie wurde auf Händen getragen. Dass sie einmal drei Freunde in einer Stunde hatte, hielt meine Schwiegermutter für eine tolle Leistung und erzählte es stolz herum. Und dass dieses Mädchen fast jeden Freund meines Mannes im Bett hatte, wird als normal angesehen. Die Mutter hat ja auch fast jede Woche einen Neuen, und wenn es nur fürs Bett ist. Sie ist in diesem Dorf verschrien, schiebt aber mir ständig die Schuld in die Schuhe, wenn ihr Leben nicht so läuft, wie sie's sich erhofft hatte. Sie sucht immer die Schuld bei anderen. Anderen Leuten sagt sie, ich wäre so schlecht. Halt die böse Schwiegertochter, weil ich mit ihrer Lebenseinstellung nicht zurecht komme. Und jedem hält sie vor, wieviel sie für mich in meinen letzten zwei Schwangerschaftswochen getan hatte. Aber wir waren mitten im Umzug.

Wir zogen in dieselbe Strasse wie sie, damit mein Baby in der Nähe der Familie war. Auf die Schnelle suchten wir eine Wohnung. Seine Mutter kannte eine, die ihrer Meinung nach sehr schön war. Damals respektierte ich sie noch und hörte auf sie. Ich dachte echt, dass sie es gut mit mir meinte. In dieser Wohnung putzte ich jeden Tag und man sah nichts von dem, was ich geleistet hatte. Es sah immer unsauber aus und ich verbrachte meine ganze Freizeit mit Saubermachen. Die restliche Zeit widmete ich meiner Tochter und meinem Mann. Ich empfand mich selber als zweitrangig. Ich trieb es bis zur Selbstaufgabe. Meine Schwiegermutter wäre selber niemals da eingezogen, sagte sie später anderen Leuten gegenüber. Es war ein Altbau, wo noch viel zu reparieren war. Aber sie dachte sicherlich, dass ich aus dem Urwald käme. Draußen lachte sie dann über die Wohnung, über mich und alles, was ich hatte. Weil ich sie zu früh zur Omi gemacht hatte, wollte sie sich bestimmt revanchieren. Sie ist nämlich erst 42 Jahre alt gewesen, als ich sie zur Großmutter machte. Sie hielt sich für zu jugendlich, und doch hatten ich und ihr Sohn die Reife und das Alter um Kinder in die Welt zu setzen. Auch wenn ich 5 Jahre älter bin als mein Ehemann, darf es sie am allerwenigsten stören, denn sie ist ja auch 5 Jahre älter als der Vater ihres jüngsten Sohnes. Sie hält mich für zu alt. Doch sie hatte ihre große und wahre Liebe noch nicht gefunden. Sie sah sich als Opfer. Bei jedem weinte sie sich über mich aus. Und ihre Lügen erst mal!

Meine Schwiegermutter wollte ihr kaputtes Leben auf einen Missbrauch in der eigenen Familie schieben. Sie beschuldigte gerade die Menschen des sexuellen Missbrauchs und der Pädophilie, zu denen sie später ihren Sohn abgeschoben hatte. Um genau zu sein beschuldigte sie ihren Vater und ihren ältesten Bruder, sie hätten sich ihr sexuell genähert. Ihr Vater sei auch gar nicht ihr richtiger Vater, ihre Mutter habe sehr viele Männer gehabt. Sagt sie. Misses Lügenbaronin. Der Pädophilie bezichtigte sie zusätzlich noch ihren Exfreund, mit dem sie ja den jüngsten Sohn gemeinsam hat. Sie behauptete, dass er ihren Sohn sexuell missbrauche, wollte ihn aber nicht anzeigen, weil sie angeblich keine Familien zerstören wolle. Zu ihren Eltern geht sie auch noch öfters, und macht die Wäsche noch einmal wöchentlich für sie. Gegen Entgelt, wie ich bereits zu Beginn erwähnt hatte. Wir sollten mit niemandem darüber reden. Sie wollte nur Mitleid erwecken, da mal wieder eine ihrer Tausenden Beziehungen in die Brüche ging. Und meine Ehe wäre beinahe daran gescheitert. Das Schlimme ist, dass ihre Tochter und ihr neuer Freund diese Lügengeschichten auch noch glaubten und wortlos von den Großeltern weggeblieben sind. Meine, uups, unsere Großeltern wissen das nicht einmal und fragen mich ständig nach dem Grund. Ich kann ihnen das nicht sagen. Sie hatte das sogar all ihren Exfreunden vorgelogen. Ist die nicht unverschämt! Der letzte Typ aber begann zum Schluss, wach zu werden. Obwohl er selber ein sehr schlechter Mensch war. Der hätte eigentlich zu ihr gepasst. Ein grausamer Typ war er. Er glaubte, er habe eine übernatürliche Begabung und könne mit seinen Händen die Schmerzen anderer Menschen behandeln. Hokuspokus! Und auf einmal kam meine Schwiegermutter nach ein paar Wochen an und hatte auch so eine Begabung und konnte auch Menschen heilen. Ja, ja, lächerlich, nicht wahr. Die hat wohl den Schuss nicht mehr gehört! Das Beste kommt noch. Die Begabung hatte sie mit der verflossenen Liebe verloren. Ich hätte mich kaputtlachen können.

Aber erst mal zu diesem Merlyn. Er erstellte mit meiner Schwiegermutter zusammen Zukunftsprognosen. Ohne direktes Wissen, wie mir klar war. Niemand hatte es mir erzählt, aber ich wusste es einfach. Ich sage ihnen, warum. Ich schlief und träumte zum ersten Mal von meiner verstorbenen Oma. Ich konnte sie deutlich sehen. Und ihre Worte behielt ich noch lange, lange im Ohr. Sie sagte: »Hallo, na du, ich will mich bei dir bedanken, indem ich ab jetzt dein ständiger Begleiter bin. Deine Schwiegermutter ist eine schlechte Frau, die dein ganzes Leben ausspioniert. Sie redet schlecht über dich und wird von ihrem Freund unterstützt. Er hasst dich und sie schämt sich für dich. Schau dich an. Du siehst sehr schlecht aus. Du musst wieder an dich selbst denken. Tu es mir zuliebe. Ich ertrage es nicht, dich so sehen zu müssen. Gott lässt dir schöne Grüße ausrichten. Wenn was ist, ich bin immer bei dir. «Als ich wach wurde, dachte ich, dass der Typ mich auch schon in seiner Sekte hatte. Ich dachte, es wäre nur meine innere Abneigung diesem Kerl gegenüber. Ich dachte, ich spinne. Depressionen? Nein es kam, was kommen musste.

Es war kurz vor Weihnachten. Da sie uns oft mit blöden Ausreden abgewimmelt hatte, wenn wir sie gebeten hatten, auf unsere Tochter aufzupassen, versuchten wir es ein letztes Mal. Sie wollte nicht und fing an, uns was vorzulügen. Außerdem durfte ihr jüngster Sohn, der ein Halbbruder meines Mannes war, nicht mehr zu uns kommen. Er musste jedesmal woanders schlafen, wo er nicht wollte. Er sagte uns, dass er lieber bei uns war, aber sie vertraute ihn stattdessen ihrer Tochter an. Der kleine Knirps sagte uns sogar, dass er abhauen würde, wenn seine Mutter sich nicht ändern würde. Er ist sieben. Er wäre auch lieber bei seinem Vater geblieben, doch sie lässt ihn nicht. Wieder die Profitgier! Und weil sie nicht mehr weiter wusste, äußerte sie falsche Verdächtigungen. Denn nach Kindesmissbrauch klingt das nicht. Sie ist so egoistisch und der Sex mit Männern ist ihr wichtiger als das Wohlergehen ihrer Kinder. Ich bin aber eine Prostituierte in ihren Augen. Sich selber und ihre Tochter sieht sie nicht so. Und dabei bin ich zwei Jahre kaum aus dem Haus gekommen, weil die Leute über mich lachten und über mich herzogen. Sie leistete dazu auch ihren Beitrag. Sie mag mich wirklich nicht. Sie lachte mich mit ihrer Tochter aus und dachte, ich wäre blöd und würde es nicht merken. Dann machten sie oft blöde Bemerkungen und kamen sich vor, als wären sie was besseres. Die zwei, die keinen FKK-Strand ausließen. Sie liebten hemmungslosen Sex, und brauchten ihn so oft wie möglich. Sie sprachen gemeinsam über ihre Bettgeschichten und kannten kein Tabu.

Mein Mann ist da anders. Er hasst auch den Lebensstil seiner Mutter und seiner Schwester. Seine Schwester hatte aber vor einiger Zeit einen Jungen mit einem guten Einkommen gefunden und versuchte endlich monogam zu leben. Des Geldes wegen, natürlich. Das hatte sie mir selber erzählt, als sie mal Streit hatten. Sie weinte sich bei mir aus. Sie gestand mir, dass sie ohne sein Wissen eine Schwangerschaft geplant hatte. Ein paar mal dachte sie sogar, dass es geklappt hatte und einen Monat später war sie sehr enttäuscht. Irgendwann hatte sie diesen Wunsch wohl aufgegeben. Ferner gestand sie mir, dass sie nicht gut ausgekommen waren, doch könne sie ihn nicht verlassen, da er sehr gutes Geld verdient und ein schönes Auto fährt. Ja, bei der geldgierigen Mutter kann ihre Tochter doch nicht bescheiden sein. Sie lügen gemeinsam und sind wie Pech und Schwefel. Die Tochter war immer mittags bei mir, fragte mich aus und lief schnell zu Mami und dann tratschten sie. Sie hielten mich wirklich für doof und dachten, ich könnte ihre Blicke, wenn sie mich mit den Augen musterten, nicht deuten. Ich hoffe trotzdem, dass sie damit glücklich werden, da sie mich dann immer in Ruhe lassen. So sind ich und mein Mann glücklicher. Wenn wir uns stritten, dann nur wegen seiner Mutter, weil sie sich in unser Leben eingemischt hatte.

Einmal hatte es zwischen meinem Mann und mir kräftig gekracht, ich setzte ihn vor die Tür. Zur Abschreckung eigentlich. Ich wollte ihn nicht los werden. Er ging zu seiner Mutter und erzählte es ihr und dem Mr. Magic. Sie gaben ihm den Rat, mich vor die Tür zu setzen und mir mein Kind von der Polizei wegnehmen zu lassen. Ich würde ja doch nur zurück ins Milieu gehen. Mein Mann wachte auf und kam sofort zurück und berichtete mir von dem Hass. Seitdem hat er Abstand zur ihr genommen und unser Leben gewinnt langsam Gestalt. Gott sei Dank haben wir endlich Ruhe vor denen, die unsere Ehe fast zerstört hätten. Sie gibt Paaren ständig Tipps, bekommt aber ihr eigenes Leben nicht geregelt. Sie tratschen über jeden und ich kann es nicht mehr hören, weil sie wirklich ein heuchlerisches Leben führen. Sie wissen beide, dass ich so über sie denke, da ich eine Aussprache mit meiner Schwiegermutter hatte. Wenn sie wüsste, wie lächerlich sie sich bei ihrer eigenen Familie und bei den Nachbarn macht. Aber es sagt ja keiner, was er denkt, keiner außer mir, und so werde ich von vielen gehasst. Sie sagen, ich hätte einen schwierigen Charakter. Das nur, weil ich mir nichts von Ihnen mehr gefallen lasse und für meine Rechte jetzt eintrete. Wie mein Schwiegervater und seine Freundin, mit der er ein halbes Leben zusammen ist. Sie hasst seine ganze Familie, vor allen Dingen uns. Er hasst seine Kinder und mich und leider auch meine Tochter, die ihren Opi sehr lieb hat und oft noch vermisst. Sie sieht ihn nie, obwohl er um die Ecke wohnt. Wir haben Streit, weil seine Freundin es so will. Das ist auch so eine Dame, die glaubt, über allen anderen zu stehen, sie wäre die beste, schönste und klügste. Sie hat keinen Abschluss, keine Arbeit (noch nie gehabt), spricht kaum ihre eigene Muttersprache, lacht aber über jeden. Sie hatte damals meiner Schwiegermutter den Mann ausgespannt und drei Kindern den Vater weggenommen. Zwei davon waren mein Mann und meine Schwägerin, und die eigene Tochter hatte sie auch ihres Vaters beraubt. Diese Frau war nämlich auch verheiratet und hatte bereits ein Kind mit dem anderen Mann. Sie verließ ihn, obwohl er ihr noch nie etwas getan hatte. Ist das Normal? Sie hat zwei Familien kaputt gemacht, weil sie keine Treue kennt. Obwohl ich denke, dass mein Schwiegervater in ihre Arme getrieben wurde. Denn er hatte ein sehr schweres Leben in der Ehe mit meiner Schwiegermutter. Egal, sollen die doch bleiben, wo der Pfeffer wächst. Am Anfang hatte es uns sehr weh getan, da wir versucht hatten, den Kontakt zu pflegen und zu schätzen, doch wurden wir der Hausherrin zuviel und sie fädelte eine Intrige ein, da sie wusste, dass ich allergisch auf so etwas reagierte. Bis sie mich soweit hatte, dass ich ausrastete und als die Rebellin dastand. Die sind alle so verlogen und kümmern sich nur um das Privatleben von anderen. Sie lachte auch über mich, obwohl sie nicht mal ihre eigene Sprache richtig beherrschte. Sie sitzt den ganzen Tag auf ihrem Allerwertesten und lästert über andere. Sie ist nicht nur ein böses, altes Weib, nein, sie sieht sogar aus wie eine Hexe! Ein Auge ist größer als das andere, irgendwie so zusammengequetscht, ihre Hände sind ungepflegt. Ihre Nägel sind bis zur Haut abgeknabbert und die Nagelhaut ist blutig aufgerissen. Dann ist da noch ihre Angewohnheit, dass sie einfach anfängt eine Melodie laut vor sich hin zu summen, auch wenn andere sich unterhalten. Und dabei nickt sie dann mit dem Kopf auf und ab, bis zur Zimmerdecke! Ich habe es mit der Frau nur meinem Schwiegervater zuliebe versucht, da er mir auch was bedeutet hatte. Aber er ist genauso wie sie. Er muss es selber wissen. Schließlich hat er wegen der Hexe alle Familienangehörigen verloren. Ob seine beiden Kinder, seine Mutter, oder seine Geschwister. Keiner will was mit ihm zu tun haben. Alles wegen der schwarzen Krähe.

Aber zurück zu meiner Schwiegermutter. Als es mit dem Wunderheiler doch nicht funktioniert hatte, weinte sie sich bei uns aus und schob ihm die Schuld in die Schuhe, obwohl sie sich damit verraten hatte, dass sie sagte: »Er wollte mich dazu drängen, mit meinen Eltern über den Missbrauch zu sprechen und ich sollte meinen Ex anzeigen. Das kann ich doch nicht machen. Da ist er sehr böse geworden. Gleich am folgenden Tag habe ich ihn rausgeschmissen. Er will mein Leben durcheinander bringen.« Tja, da hatte sie dann wahrscheinlich gemerkt, was für ein Chaos sie angerichtet hatte. Ich sagte ihr, dass ich davon weiß, dass sie nicht auf mein Kind aufpassen durfte und dass sie in meinem Leben herumspionierte. Mein Mann war erschrocken, als sie alles zugegeben hatte. Es stimmte alles. Sie spielte zwar das Unschuldslamm und schob dem Verflossenen die Schuld zu, doch mir konnte sie nichts mehr vormachen und ihrem Sohn auch nicht. Ich sagte ihr, woher ich es wusste und sie war baff. Ich hatte alles gewusst und sie war sehr verlegen und gleichzeitig erschrocken darüber, dass ich soviel wusste, was ich eigentlich gar nicht wissen konnte, wenn da nicht eine göttliche Kraft dahinter gesteckt hätte. Das sah sogar diese Besserwisserin, die nie um eine Antwort verlegen war, ganz genauso. Seitdem gehe ich ihr aus dem Weg. Übrigens, sie hatte eine Woche später einen Neuen im Bett, der aber nur eine Nacht geblieben war. Wie alle anderen auch. Sie nennt es Freiheit. Ich nenne es billige Prostitution. Im Moment hat sie einen Soldaten. Aber auf mich zeigen sie mit dem Finger und lachen mich aus. Sie wären viel reicher geworden, wenn sie gleich Geld dafür genommen hätten. Sie machten es aus Vergnügen, auf der Suche nach einem reichen Mann. Sie ordnen ihre Liebe nach der Kategorie: Geld! Das ist doch erbärmlich. Gott bewahre!

Natürlich nervt es sie jetzt, dass ich genau da einen Arbeitsplatz bekommen habe, wo ihre Tochter vor einem Jahr entlassen wurde. Ihr Vertrag wurde nach 18 Monaten nicht mehr verlängert, da ihre Arbeitsleistung nicht der Hit war. Mich hatte sie angelogen und gesagt, dass sie nur eine Stelle von einer anderen hatte, die jedoch zurückgekommen war. Schade für sie nur, dass ich jetzt an der Quelle saß. Im Altenheim habe ich eine Arbeit bekommen, die ich sehr bald antreten werde. Der erste Schritt ist gemacht. Ich beherrsche die Sprache ja jetzt wesentlich besser und außerdem kann ich die alten Menschen, die Hilfe brauchen, etwas unterstützen. Wenigstens ist dies eine kleine gute Tat. Man gibt mir nicht viele solcher Gelegenheiten, um zu zeigen, wer und wie ich wirklich bin. Man blockiert mich, wo es nur geht, aber ich lasse mich nicht mehr unterkriegen. Ich will allen beweisen, was ich kann und was ich erreichen könnte.

Diesen Brief habe ich auch noch während unseres neuerlichen Umzugs, in nur ein paar Tagen und Nächten geschrieben. Denn ich meine es, wie ich es sage. Wir haben uns in derselben Straße eine saubere, moderne und helle Wohnung gemietet, die meinen Wünschen und meiner Würde entspricht. Ich fühle mich nach ein paar Tagen hier schon ganz heimisch. Die ganze Wohnung ist voll von großen Fenstern, ganz anders als die alte: da hatte die Terrasse ein Schiebefenster gehabt, und in den Schlafzimmern waren ganz kleine Fensterchen gewesen, die man nicht mal auf Kipp stellen konnte. Das sehr kleine Badezimmer und die Küche bekamen überhaupt kein Tageslicht und hatten keine Abzüge, um den Wasserdampf aus der Wohnung zu lassen. Es war der reinste Wahnsinn. Können Sie sich vorstellen, dass man davon auch Depressionen bekommen könnte? Ich denke schon. Vielleicht war es auch ein kein richtiger Grund, aber jetzt ist ja alles vorbei. Neue Arbeit, neue Wohnung und der Rest beginnt auch langsam zu laufen. Meinen Führerschein habe ich vor kurzem problemlos in diesem Land neu bekommen. Die Freude ist sehr groß, denn die Strafe war sehr lang und hart. Aber auch so sinnlos. Denn ich kenne keinen mehr aus der alten Zeit. Gut so. Da ich in den letzten zwei Jahren total abgemagert war, bin ich jetzt natürlich sehr froh darüber, dass ich ein bis zwei Kilogramm zugenommen habe.

Ich will ein neuer Mensch werden. Sie denken sicherlich, dass es nur Gelaber ist, aber es ist mein Ernst. Ich will ein guter Mensch werden, doch meine »neue Mutter« vergewaltigte meine Seele genau so wie meine »alte Mutter«. Ich kann es nicht verstehen. Immer müssen mir die Menschen, die mir was bedeuten, etwas schreckliches antun, so dass ich daran zerbrechen könnte. Ich hasse diese Menschen nicht, doch vermeide ich ihre Nähe, da sie unverbesserlich sind. Sie sind selber genug gestraft, da muss ich nicht auch noch Hassgefühle aufbauen. Ich habe so schon genug zu leiden. Ich kann mich einfach dieser selbst verschuldeten und gelogenen Probleme der anderen nicht mehr annehmen. Ich will für die da sein, die meine Hilfe zu schätzen wissen und sie wirklich brauchen. Wie den alten Menschen im Altersheim oder den Großeltern meines Mannes, die ich bereits erwähnt hatte.

Der Pastor ist es leider auch nicht wert, da ich von ihm nicht mal angehört wurde. Als ich spät nachmittags, bei ihm an der Haustür klingelte und mit Tränen in den Augen um die Taufe geben hatte, lächelte er erst kurz und dann sagte er: »Können Sie nächste Woche noch mal wiederkommen? Ich kann im Moment nicht.« Ich meinte es im Ernst und er dachte bestimmt, dass ich verrückt wäre. Warum nur dieses Misstrauen? Ich wollte mich zu Gott bekennen und er wollte mir nicht die Himmelstür öffnen. Er schickte mich einfach weg. Auf dem Heimweg, der sehr kurz war, weinte ich bitterlich und hielt mich wirklich für eine Idiotin. Es ist mein größter Wunsch, seitdem ich den zweiten Traum mit meiner Oma hatte. Sie wollte, dass ich mich taufen lasse. Sie sagte, dass es Gottes Wille sei. Das Wasser würde mich von all meinen Sünden befreien. Es wäre Bestimmung und mein Leiden hätte einen Sinn gehabt, der mir nach der Taufe schon bewusst werden würde. Ich wollte sie noch etwas fragen, aber sie lässt sich nichts fragen. Sie gibt mir nur Ratschläge und Warnungen. Aber ich kann sie nicht befragen. Sonst hätte ich nach dem Grund gefragt, warum sie als Moslime die Taufe befürworten würde.

Dies war in der Silvesternacht. Seitdem bemühe ich mich darum, getauft zu werden, doch es scheint mir, dass es nur ein schlechter Traum war. Wenn der Pastor mich nicht tauft, dann war es auch bestimmt nicht Gottes

Wille. Daher bitte ich Sie, Heiliger Vater, mich von meinen Sünden zu befreien und mich zu taufen. Ich bitte Sie herzlichst. Sie sind doch die rechte Hand Gottes. Können Sie nicht mal den Herrn fragen, ob mir meine Sünden vergeben werden? Meine Ausraster sind seit langem weggeblieben und ich bin eine sehr ruhige Frau geworden. Man kann mich kaum wiedererkennen, sagen einige gute Freunde und freuen sich über meine positive Lebenseinstellung. Dafür habe ich leider auch ein paar Neider mehr in meinem Leben, die mir jedoch nichts mehr anhaben können, da ich sie jetzt einfach nicht mehr beachte. Ich schenke meine ganze Achtung dem Herrn und wäre froh, wenn er mir wirklich vergeben könnte. Denn dann bin ich endlich für meine neue Aufgabe bereit. Ich will den Frauen aus dem Rotlichtmilieu einen Zufluchtsort anbieten und ihnen bei einem Neubeginn behilflich sein, da ich am eigenen Leib gespürt habe, wie schwer es ist, wieder normal zu leben. Nicht dass es das nicht schon gibt, aber es wird doch noch zuwenig in dieser Richtung unternommen. Ich finde man sollte sich mehr dafür einsetzen und auf das Problem aufmerksam machen. Nicht immer unter den Teppich kehren, weil sie denken, dass diese Damen unverbesserlich sind. Das ist absolut falsch. Ich bin der lebende Beweis dafür, oder nicht? Und darum will ich anderen Frauen, die in der gleichen Lage stecken wie ich einst, meine Unterstützung bei einem Ausstieg anbieten. Ich will ihnen helfen aus der Prostitution auszusteigen, wenn sie es wünschen, und sie vielleicht auch Gott etwas näher bringen, sodass mit seiner Hilfe bessere Menschen aus ihnen werden können. Ich will dafür überall Mittel sammeln, um ihnen da zu helfen, wo sie es alleine nicht mehr schaffen. Wenn ich das Geld selber hätte, würde ich es sogar selbst finanzieren, doch kann ich froh sein, wenn ein Monat ohne Geldmangel vergeht. Wenn es sein müsste, würde ich sogar rund um den Globus reisen um das Geld zusammenzubekommen. Bei meinen vielfältigen Fremdsprachenkenntnissen könnte ich mir das sogar sehr gut vorstellen. Überall würde ich dafür werben und mit den Frauen direkt sprechen. Ohne Übersetzer oder Vermittler.

Ich will ihnen helfen, ihre "Puzzleteilchen" wiederzufinden. Denn jede Frau, die ins Milieu reinrutscht, nimmt ihr Ganzes als Frau mit rein. Stellen Sie sich ein Puzzlespiel vor. So könnte man es vielleicht erklären. Jedes einzelne Puzzleteilchen steht für etwas, was nur als ganzes diese eine bestimmte Person ausmacht. Das Puzzle einer Frau besteht aus: Liebe, Vertrauen, Treue, Ehrlichkeit, Hoffnung, Sehnsucht, Charakter, Wünsche, Träume, Glaube, Persönlichkeit, Ehre, Vernunft und vielem, vielem mehr. Schön zusammengesetzt. Jeder Freier, der diese Frau besucht und wieder geht, nimmt ein Puzzleteilchen mit. Mit der Zeit fehlen zu viele Stücke und das Bild der Frau wird verzerrt. Man kann sich sogar selber nicht mehr wiedererkennen. Man verliert sich. Die Frau schaut eines Tages in den Spiegel und erschrickt sich. Einen völlig Fremden sieht man da im Spiegel. Man sieht verbrauchter aus und fühlt sich um all die schönen Jahren betrogen. Obwohl man sich selber betrügt. Man gibt dem schnell verdienten Geld die höchste Priorität und verschwendet damit Puzzleteilchen für Puzzleteilchen. Ich habe die meisten Teilchen zurückbekommen, mit der Hilfe meines Mannes und meiner Tochter, auch wenn sie noch nichts davon weiß. Aber auch mir fehlen noch einige Puzzleteilchen. Das größte Teilchen ist aber das, welches für den Frieden mit Gott zuständig ist. Sie könnten mir helfen, es wiederzufinden. Und die restlichen kleinen Teile würden sich dann automatisch von selbst ergeben.

Bitte, nehmen sie es ernst. Ich möchte so gerne die Bestätigung dafür, dass Gott mich wirklich nicht vergessen und dass er mir vergeben hat. Vielleicht wissen Sie auch schon, wer ich bin, ohne mich jemals gesehen zuhaben. Vielleicht lachen Sie mich aber auch in diesem Moment aus. Ich warte ab und hoffe auf meine Erlösung. Sie könnten mir helfen, das zu werden, was ich wirklich bin. Vorher wird es kein anderer Mensch sonst verstehen, oder gar glauben, wenn ich sage: Es gibt einen Gott!!! Dies war wahrscheinlich die längste Beichte, die sie jemals irgendjemandem abgenommen haben, oder?. Und warum ich Ihnen schreibe und nicht einem Bischof oder einem Kardinal, liegt daran, dass ich auch von Ihnen sehr überzeugt bin. Sie wissen schon, was ich meine. Eine Moslime, die vom Papst fasziniert ist, grenzt fast an ein Wunder, oder? Außerdem muss ich ganz ehrlich sein. Ich hatte schon einen Bischof befragt, doch dieser gab mir den Tipp, mich an das apostolische Amt zu wenden. Ich befolgte diesen Rat. Ich rief das apostolische Amt sofort an. Leider nahm man meine Bitte nicht so ernst, glaube ich. Man wollte mich noch zurückrufen, doch Fehlanzeige. Also gab ich es schnell auf und wende mich direkt an Sie. Wenn Sie es auch verneinen, dann weiß ich keinen Rat mehr. Ich weiß, dass es schwierig ist mit der Erwachsenentaufe, doch ich flehe Sie an. Machen Sie bitte eine Ausnahme.

Ferner muss ich noch hinzufügen, dass mich gerade der Mut verlassen hat, je Ruhe zu finden. Zu früher Morgenstunde erreichte mich die Nachricht, dass meine liebe Schwiegermutter auch einen neuen Arbeitsplatz hat.

Und zwar in dem Altenheim, in dem ich anfangen werde. Wir werden wahrscheinlich zur gleichen Zeit dort anfangen. Ich als Schwester und sie in der Küche. Nicht, dass ich ihr das nicht gönne, doch ist natürlich mein Tag für heute vermiest, da sie wieder einen Weg gefunden hat, um mich kontrollieren zu können. Ich fühle mich elend und habe doch wieder den Mut verloren, dort meine Arbeit anzutreten. Warum macht sie so etwas? Sie wollte noch nie in ihrem Leben einen Ganztagsjob. Jetzt kämpft sie darum. Letzten Monat hatte sie noch ein Stellenangebot. Sie lehnte es ab. Eine volle Stelle käme für sie nicht in Frage, sagte sie noch. Dann könnte sie ja nebenbei nicht mehr arbeiten. Und jetzt ist ihr alles egal. Hauptsache es ist da, wo ich hingehe. Um mir das Leben noch schwieriger zu machen. Reine Provokation. Ich habe die Schnauze voll. Was will sie erreichen? Warum fügt sie mir soviel Leid zu? Ich will keine Rache, nur Frieden. Werde ich den jemals haben? Oder muss ich erst Vergeltung üben, um ein normales Leben zu führen? Nein, ich verzeihe wieder!

Gez. Eine Moslime, die Sie sehr schätzt

P. S.

Endlich!!! Aus und vorbei! All das Leiden, all die Qualen, all die Sorgen und Tränen. Alles hinter mir gelassen. Aufatmen und das Leben in vollen Zügen genießen. Nur noch positiv, positiv, positiv. Hier bin ich. Ich bin alles andere als ein Egoist und doch liebe ich mich. Ich bin keine Anstandsdame und doch respektiere ich mich. Ich bin auch nicht auf diesem typisch weiblichen Selbstverwirklichungstrip, den die meisten Frauen durchlaufen, die geheiratet, ein oder mehrere Kinder bekommen, die Hausarbeit unentgeltlich verrichtet haben, und plötzlich: Peng! Hey, wer bin ich und was kann ich sonst noch? Nein, ich bin eine Frau, die genau weiß, was sie will. Jetzt mehr als je zuvor. Die Taufe und nur die Taufe. Und je mehr ich es will, desto schwieriger und schlimmer wird mein Leben. Schlimmer als je zuvor in meinem ganzen Leben. Es übertrifft alle Dimensionen meiner Vorstellungskraft.

Hören Sie jetzt bitte genau hin: Nachdem der Brief, den ich an Sie, Heiliger Vater, geschrieben habe, fertig war, kam es zwischen mir und meinem Mann wieder zu großen Streitereien. Wegen seiner Mutter mal wieder. Mir konnte die Sache mit dem Missbrauch nicht mehr aus dem Kopf gehen. Und von Mal zu Mal, wenn ich diese Menschen sah, brach es mir das Herz, was ihre eigene Tochter für Lügen über sie verbreitete. Zumal der Opa ständig meine kleine Tochter auf dem Arm trug, wenn ich zum Putzen kam. Ehrlich gesagt, ein komisches Gefühl hatte ich immer im Magen gehabt. Denn dass es ja nicht so war, wurde ja nie bestätigt. Wie auch, wenn sie selber nichts davon wussten? Sie konnten sich ja nicht mal selber verteidigen. Aber wie sollten sie es auch erfahren, wenn jeder zum Stillschweigen verdonnert war? Ich ertrug die Situation nicht mehr, dafür hatte sie erreicht, was sie wollte.

Mein Mann und ich bekamen, wie gesagt, wieder Streit. Diesmal größer denn je zuvor. Wie ich Streit hasse. Und doch, er war entfacht und im vollen Gange artete er fast bis zum Rosenkrieg aus. Wir wurden beide ausfallend und ich warf ihn mal wieder unüberlegt raus. Ich wollte nicht, dass es eskaliert und es explodierte beinahe doch. Ich wollte es nicht mehr mitmachen. Ich war es endgültig leid. Ich hatte es satt, ständig gegen Widerstände anzukämpfen. Mein Mann wurde auch wieder von seiner tollen Mama aufgenommen und gegen mich aufgehetzt. Ich sah keinen Sinn mehr in diesem qualvollen Leben. Ich hatte niemanden mehr, außer ein paar guten Freunden. Mein Mann war meine größte Liebe und meine Hoffnung und sie machte alles einfach so kaputt, weil sie selber nie so glücklich werden konnte. Ich wollte nicht, dass meine kleine süße Tochter nur mich auf dieser Welt hatte, weil ich vielleicht doch ein schlechter Mensch war, redete ich mir ein. Ich machte mir selber Vorwürfe und gab mir inzwischen schon die volle Schuld. Das dachte ich damals, heute nicht mehr. Meine Tochter hat an mir mehr als an dieser ganzen Familie zusammen. Aber damals verließ mich jede Vernunft, als ich mit ansehen musste, wie diese selbstsüchtige, gefühlskalte Frau mir meinen Mann endgültig wegnahm.

Ich beschloss, meinem Leben ein Ende zu setzen. Ich setzte einen Brief an meinen Mann auf mit der Bitte, sich immer um unsere Tochter zu kümmern und gut für sie zu sorgen. Ich stand schließlich kurz davor, mit Mrs. Rabiata für den gleichen Arbeitgeber unter einem Dach zu arbeiten. Sie hätte mich fertig gemacht. Ich war am

Ende. Wirklich am Ende. Als mein Mann in unserer ersten Trennungswoche meine Tochter besuchte und mit ihr spazieren ging, nutzte ich meine Chance. Ich nahm Schlaftabletten, legte mich hin und wartete auf das Ende. Mit dem Abschiedsbrief in der Hand schlief ich ein. Es war so ruhig und wunderbar erleichternd. Ich hatte einen wunderbaren Traum, der mir im ersten Moment so real erschien. So warm und so nah. Und dann wieder weit und distanziert. Eine Frau sprach zu mir. Meine Gedanken waren schwerelos. »Ja, ich bin jetzt tot.« dachte ich. Sie stand vor mir, wie sie es zu Lebzeiten schon tat, und verkniff sich das Lachen. Sie wollte ernsthaft und wütend wirken. »Streng Dich nicht an. Du bist noch nicht soweit. Du hast noch eine Aufgabe zu erfüllen. Und überhaupt: deine Tochter. Hast Du schon mal an sie gedacht? Warum willst Du alles hinschmeißen? Du stehst doch erst am Anfang! Es wird schwer und ungerecht sein, aber sei dir sicher, es wird sich lohnen. So, wach auf und geh zurück ins volle Leben. Gib nicht auf, mein Kind.«

Plötzlich reißt mich eine schreiende Stimme aus meinem so realen Traum. Ich spüre Schläge in meinem Gesicht und kühles Wasser, doch konnte ich mich nicht ein Stück bewegen. Ich konnte meinen Körper nicht spüren, konnte nicht antworten. Ich fühlte mich so schwach und fiel immer wieder in den Schlaf zurück. Doch die schreiende Männerstimme gab nicht auf. Die Stimme wurde immer deutlicher und ich erkannte sie. Es war die Stimme meines Mannes, der mich aufgeregt versuchte aufzuwecken. Ich hörte, wie er weinte und telefonierte. Ein Krankenwagen müsste her und dann, ja, dann weiß ich einiges nicht mehr. (Ich kann mich an sehr vieles nicht erinnern) Dann verstehe ich wieder einige Worte. Er bat mich, nicht einzuschlafen, nicht aufzugeben, ihn und unsere Tochter nicht im Stich zu lassen. Ich begriff: mein Versuch ist missglückt. Mein Mann versuchte mich wieder zu beleben. Viele Stunden Schlaf und ich wachte im Krankenhaus, mit lauter Infusionen am Arm, wieder auf. Mein Mann hielt meine Hand und weinte. Er bat mich, den Streit zu begraben. Mein Mann erzählte mir noch, wie er versucht hatte, in die Wohnung zu gelangen. Nachdem ich auf das viele Klingeln an der Haustür nicht reagiert hatte, befürchtete er das Schlimmste. Er versuchte noch die Wohnungstür aufzubrechen. Unsere Tochter hatte er einem Nachbarn anvertraut. Er bekam die Tür nicht auf. So kletterte er an dem Fenster des Nachbarn hoch und schlug mein Küchenfenster ein. Er riskierte sein eigenes Leben für mich. Unglaublich.

Ich fühlte mich noch elender als zuvor. Ich hatte noch mehr Schuldgefühle. Ich hatte mir das Leben dadurch nur selber erschwert. Ich wollte mich befreien und machte alles nur noch schlimmer. Was wäre nur aus meiner Kleinen geworden? Sie wäre ein Waisenkind geworden. Weiß diese Frau eigentlich, was sie da mit ihren Mitmenschen macht? Ich denke nicht. Am nächsten Tag entließ mich der Chefarzt doch nach Hause. Meine Tochter verbrachte diese eine Nacht bei meiner Schwiegermutter. Gut, meine Kleine hatte nicht so viele Anziehsachen, aber sie hatte doch genug davon. Sie hatte jeden Tag hübsche, saubere Kleider zum Anziehen. Warum ich dies jetzt betone? Also, mein Mann fuhr mit mir im Krankenwagen in die Klinik und vertraute unsere Wohnung und unsere Tochter seiner Mutter an, die die Gelegenheit nutzte, um in der Wohnung herumzuschnüffeln. Während ich noch in der Klinik lag, erfuhr die ganze Nachbarschaft und jedes Geschäft, was ich getan hatte. Ferner vermerkte Sie, dass meine Tochter nichts tragbares im Haus hätte. Ich hätte meine Tochter vernachlässigt und würde ihr nichts kaufen. Ich weiß zwar nicht, was Mutterliebe mit dem Kauf von Klamotten zu tun haben sollte, oder liebt eine reiche Mutter ihre Kinder mehr als eine arme? Natürlich nicht. So ein Blödsinn. Doch zu dem Thema Mutterliebe muss sie unbedingt schweigen. Das ist eine Sache, von der sie null Ahnung hat. Wenn ich meinem Kind die Seele kaputt mache, kann ich es bestimmt nicht mit Anziehsachen wieder gutmachen. Abgesehen davon, es war immer das Geld ihrer Exmänner gewesen. Sie hatte, außer durch ihren Halbtagsjob als Putzfrau, nie eigenes Geld gehabt. Geschweige denn, dass sie dies für ihre Kinder ausgegeben hätte. Aber Madame musste sich so lächerlich vor allen Leuten machen, indem sie über ihr eigenes und einziges Enkelkind spottete. Als ich dies erfuhr, brach es mir fast das Herz, dass sie jetzt auch noch anfängt über meine Kleine zu lästern. Ich wurde zur Furie und vergaß jeglichen Respekt. Ich schickte ihr eine SMS und beleidigte sie vom Allerfeinsten. Ich sagte ihr echt böse Sachen, vor Schmerz. Doch bereue ich nichts davon. Es war lange aufgestaut, es kam nicht aus dem Affekt heraus. Dafür gibt es weder eine Entschuldigung noch habe ich vor, mich dafür zu entschuldigen. Ich stehe voll zu dem was ich gesagt habe, im Gegensatz zu ihr. Ich machte meinem Herzen Luft und sie bot mir schließlich unbewusst eine sehr große Angriffsfläche dafür. Sie rief sofort meinen Mann an und fragte, warum ich sowas sagen würde? Mein Mann antwortete, ohne den Inhalt der SMS zu kennen, dass sie schon wüsste, warum ich so etwas gesagt hätte. Sie legte auf und ich klärte meinen Mann schonend auf. Er lachte und sagte «Ist okay. Sie hat ihren Respekt selber verspielt. Wenn sie mit unserer Tochter jetzt anfängt, dann bekommt sie alles zurück. Mein Leben hatte sie ruiniert, doch an unsere Tochter kommt keiner ran.»

Ich dagegen sah meine Befriedigung darin, dass ich ihren Exfreund anrief, mit dem sie den jüngsten Sohn hatte. Ich erzählte ihm, dass sie ihn der Pädophilie beschuldigte. Es kam zu einem großen Streit zwischen den beiden. Sie rechtfertigte alles damit, dass es nur eine Intrige gegen sie wäre. Ich wolle sie nur fertig machen. Doch er kannte sie zu gut. Sie hatte ihn so oft enttäuscht und betrogen, dass er ganz genau wusste, wie sie wirklich war. Sein Konto hatte sie damals ausgeräumt und Privatsachen von ihm, Goldschmuck beispielsweise, einfach gestohlen. Danach verbreitete sie nur noch Lügen über ihn, um ihn zu vernichten. Also war sie kein unbeschriebenes Blatt für ihn. Er glaubte mir. Ihr jüngster Sohn, der noch mehr gelitten hatte unter dieser dominanten Mutter als mein Mann, als er klein war, sah, dass es Menschen gab, die auch seiner Meinung waren. Bei so einer mannstollen Mutter wollte er nicht leben, doch hatte er nie den Mut gehabt, ihr das zu sagen. Er hatte während all der Jahre seinen Vater immer wieder angefleht, bei ihm wohnen zu dürfen. Wenn der Papa sie darauf ansprach, verweigerte sie es. Bis zu diesem Zeitpunkt.

Diese furchtbare Aufregung ging nicht spurlos an so einem kleinen Jungen vorbei. Nach einem Besuch bei seinem Vater weigerte er sich strikt, nach Hause zu gehen. Er blieb dort. Sie schickte ihm direkt die Polizei auf den Hals, doch der Junge blieb eisern. Er wollte partout nicht zu ihr. Es kam, wie es kommen musste. Nach dem Versuch, ihn von der Schule zu «entführen», der ihr nicht gelang, sah sie sich gezwungen, den Vater anzuzeigen.

Der Kleine würde unter dem Druck von seinem Vater stehen und überhaupt würde er Waffen im Haus besitzen. Die Polizei weigerte sich, die Anzeige aufzunehmen, denn der Sohn wurde befragt und er blieb dabei. Er wolle nur bei seinem Papa bleiben. Vorsichtshalber hatte man doch eine Hausdurchsuchung bei dem Vater gemacht. Negativ. Sie kochte vor Wut und drehte völlig durch.

Meiner Schwiegermutter ging es gar nicht um den Jungen. Nein, es ging ihr um ihren Ruf. Sie hatte was gut zu machen. Als sie damals meinen Mann, ihren Sohn, fallen ließ, bekam sie einen unschönen Beinamen: "Kinderkarussell". Ja, echt. Man nannte sie so, weil die Menschen meinten, sie würde nur Profit durch ihre Kinder ziehen. Kinder machen, Vater finanziell ruinieren, und wenn es kein Geld mehr zu holen gab, weg damit. Ein neuer Freund musste her. Ein neuer Versuch, sich zu bereichern. Das ist ihr Lebenslauf. Ich persönlich interpretiere diesen Beinamen etwas anders. »Kinderkarussell: nur wer Kohle hat, darf auch da drauf.« Sie hatte geglaubt, dass schon Gras darüber gewachsen wäre - und dann passiert ihr so etwas. Sie wollte dagegen angehen. Wirklich, es ging ihr nicht eine Minute um den Jungen.

Sie zog vor Gericht und somit musste der Kleine zu einem Kinderpsychologen, da sie angab, der Junge wäre nur aufgehetzt worden. Von mir und seinem Vater natürlich, was nicht der Wahrheit entsprach. Dies bestätigte auch die Psychologin. Zudem kam heraus, dass der Junge mitbekommen hatte, wie seine Mutter mehrfach neue Männer mit heim brachte und ohne Rücksicht ihre Sexwünsche laut befriedigte, so dass er in seinem Zimmer alles mitbekam. Er erzählte es weinend. Wie seine Mutter zuließ, dass die fremden Männer mit ihm umsprangen, wie sie es wollten. Sie schikanierten ihn, schickten ihn, wenn es Abendbrot gab, nach draußen, wenn er mal nicht hören wollte. Ohne zu essen, klar? Er wurde körperlich gezüchtigt, wofür der Junge viel zu sensibel war. Auch wenn es jetzt nicht gerade Kindesmisshandlungen waren, doch schluckte der Kleine ständig seinen Schmerz runter. Ferner bekam er die Hokuspokusspiele mit, die sie gegen mich mit dem «Merlyn» machte. Aber natürlich nahmen ihn die extremeren Dinge mehr mit. Die nächtlichen Geisterbeschwörungen, wenn der Kleine schon im Bett war. Doch meistens schlief er noch gar nicht, wie er sagte. Er kann bis heute nicht alleine schlafen. Er hat selbstverständlich riesengroße Angst vor Geistern. Diese Panik kannte ich nur zu gut. Und überhaupt, der kleine Junge kannte so viele Männernamen. Auch von denen, die sogar nur mal für eine Nacht bei ihnen kampiert hatten. Von den anderen hatte ich ja gerade erzählt (wöchentlicher Wechsel war völlig normal, wohlgemerkt). Die Psychologin und das Gericht hielten es für dringend geboten, den Jungen bei dem Vater zu lassen, und wenn er seine Mutter einmal wöchentlich besuchte, dann absolut ohne Übernachtung. Er darf nicht bei ihr schlafen. Es muss also noch viel schlimmer sein, als je einer von uns hätte ahnen können. Denn alles erfahren wir auch nicht von der Psychologin. Der Kleine dagegen schweigt über das Meiste. Er lenkt dann ab, wenn sein Vater mit ihm über seine Erfahrungen sprechen will. Auf viele Fragen reagiert er erst gar nicht, und wenn, dann nur unter Tränen. Was muss diese kleine Kinderseele leiden! Und auch hier kannte ich das Gefühl zu gut. Ich hatte es ja sogar doppelt erfahren, mitgemacht und überstanden. Und ihr war nicht mal bewusst, was sie ihm, uns, da antut. Sie hatte alles versucht um den Jungen zurückzubekommen, doch sie konnte das Gericht mit der leidenden Mutterrolle nicht überzeugen, da mein Ehemann als Zeuge auftrat.

Aus Rache zeigte ihre Tochter, die genauso verdorben war wie ihre Mutter, meinen Mann, ihren eigenen Bruder, an. Ja, also, die Anzeige beruhte auf einer angeblichen Morddrohung, die die Polizei erst gar nicht ernst nahm. Ihre Mutter hatte dafür gesorgt, dass es unglaubwürdig erscheint. Über mehrere Jahre hinweg hatte sie die halbe Männerwelt nach gescheiterten Liebesbeziehungen wegen Morddrohungen angezeigt. Die Polizei lud zwar meinen Mann vor, der fast aus allen Wolken fiel, doch lachten sie die beiden leicht anzeigesüchtigen Frauen nur aus und ließen die Anzeige vor Ort fallen.

Jetzt haben wir einen sehr guten Kontakt zu meinem kleinen Schwager, der überglücklich bei seinem Vater lebt, richtig aufgeblüht ist und seine Schüchternheit überwunden hat. Ein aufgewecktes Kind, sage ich nur. Zudem ging ich zu dem Altenpflegeheim, in dem ich mit der Hexe anfangen sollte und lehnte die Stelle wegen ihr ab, doch zu meiner Verwunderung kannten sie die Problematik in meinem Privatleben und beschlossen, weil ihre Bewerbung nach meiner gekommen war, ihr eine Absage zu erteilen. Sie kochte vor Wut und hatte ja überall Beziehungen, wenn es darum ging, andere zu ruinieren. Diesmal war es die Sekretärin dieses Heimes. Sie saß im Rollstuhl und konnte nur noch Schreibarbeit machen. Sonst hätte sie in ihrem eigenen Geschäft gearbeitet. Sie war selbstständig und meine Schwiegermutter arbeitete bei ihr schwarz. Also unangemeldete Arbeit an den Wochenenden. So konnte sie sich immer etwas mehr dabei verdienen. Diese Freundin sorgte dafür, dass sich einige gegen mich verschworen hatten. Da ich meine

Arbeit wieder einmal besser erledigen konnte als die anderen, konnte ich nicht so einfach gekündigt werden, also mobbten sie mich bis zum Gehtnichtmehr. Und immer diese Andeutungen auf meine Vergangenheit. Sie gaben mir hintenherum zu hören, als Prostituierte dürfte ich nicht mit den männlichen Kollegen sprechen oder zusammenarbeiten. Was dachten diese drei angeblich gebildeten Schwestern? Dass ich beim Bettenbeziehen direkt ans F…, ich meine Flirten denke? Oder, dass ich nichts besseres zu tun hätte, als die Beine breit zu machen? Denken die wirklich, dass Sex für mich Thema Nummer Eins ist? Oder besser noch: stellen Sie sich diese Situation mal vor. ich nach 5 Stunden morgens alte Menschen waschen, Fäkalien, Urin, Erbrochenem, völlig durchgeschwitzt. Mache eine Zigarettenpause, trinke ein Glas Wasser und denke: »Wow, habe ich jetzt Bock auf Poppen.« Na, klingelt's? Genau, diese Schwestern sind das typische Beispiel dafür, dass eine Ausbildung nicht gleich Intelligenz bedeutet. Sie waren im Grunde nur neidisch, weil ich mein Aufgabengebiet sehr schnell beherrscht hatte. Es war Missgunst und die Sekretärin nutzte es im Namen meiner Schwiegermutter aus. Bei dieser Gelegenheit frage ich mal einfach so: kann ich in diesem Fall nicht «Schwiegernachbarin» oder «Schwiegertante» sagen? Ich kann mich schlecht mit ihrem Titel anfreunden. Nichts für Ungut.

Also, ich wusste, ich hatte keine Chance, diese Strapazen zu überstehen. Ich kündigte lachend und froh. Nein, ich war nicht traurig. Ich weiß doch, dass ich besser gearbeitet hatte, als die alle zusammen. Und meine Nerven lasse ich mir nicht mehr rauben. Jetzt wurde mir auch klar, dass sie an den Mobbingspielchen, die ihre Freundinnen damals in der Zigarrenfabrik veranstaltet hatten, schuld war. Jetzt wurde mir klar, dass sie mir nichts gönnte, weil sie ihr Leben einfach verspielt hatte, und sie nicht einen Tag ohne Lügen und Intrigen verbrachte. Ihren Frust versuchte sie bei mir abzuladen und ich ziehe einen Schlussstrich. Sie ist so armselig, dass ich nur noch über sie lachen kann. Sie ist so lächerlich, weil sie mich lächerlich dastehen lassen wollte. Gott hat sich für mich gerächt. Im Fall meiner Schwiegermutter geben mir die meisten Menschen Recht. Zumal es noch weitere Leidgeplagte gab, der diese Frau das Leben sauer gemacht hatte und die frei in der Öffentlichkeit darüber reden. Der Vater ihres kleinen Jungen, dessen Meinung uns auch erst neulich bekannt wurde. Als mein Schwiegerkarussell, uups, -mutter, nämlich mit dem Kleinen schwanger war, verlangte sie von ihrem Freund zuerst nur die Ehe. Er wollte aber nicht heiraten. Dafür wollte sie dann als Sicherheit die Hälfte seines Hauses und des riesengroßen Grundstücks. Sie wollte, da sie ohne Trauschein zusammen lebten, die Hälfte von allem, wofür sie nicht einen einzigen Beitrag geleistet hatte, an sich reißen. Das war der Trennungsgrund. Zwischen den beiden hatte es jahrelang Streit gegeben, den sie allerdings mit Fremdgehen seinerseits begründete. Ich versichere Ihnen, dass es eine reine Lüge war, um sich als die arme, betrogene Frau darzustellen. Die einzige, die fremd ging, war sie.

Sie wissen ja bereits, dass diese Frau nie eine Schuld trifft. Ha, ha, ha!!! Sie trägt einen Schlüsselanhänger von ihrer Tochter, mit einer gemeinen, falschen Selbstdarstellung, um die Menschheit in die Irre zu führen. »Supermama« ist die Beschriftung. Dass ich nicht lache. Eine Frau, die Ihren Sohn als Kind im Stich lässt und das ganze, Jahre später, mit dem zweiten Sohn noch mal abzieht. Eine Frau, die eifersüchtig auf die Schwiegertochter ist und ihr das Leben zur Hölle macht. Eine Frau, die über ihr eigen Fleisch und Blut lacht und lästert. Hat so eine Frau das Recht, so einen Schlüsselanhänger zu tragen? Nein! Sicherlich nicht. Ich hätte da einen besseren Anhänger für sie. »Satans-Superweib« Das wäre nicht nur die Wahrheit, dies wäre sogar ein Ehrentitel für sie. Oder: »Superkarussell«.

Nun ja, ich hatte meine Arbeit gekündigt und bin trotzdem glücklich. Finanziell geht es uns bestens. Ich habe jetzt einen Computer mit Internetanschluss und erledige Schreibarbeit von daheim. Vom Staat bekäme ich sowieso kein Geld. Das sagte man mir bereits einige Male. So ist meine Tochter ständig bei mir und sehr glücklich. Ich kann sie groß werden sehen und ihr die Tränen trocknen, sollte sie mal was haben. Ich kann mit ihr lachen und ihr alles selber beibringen. Mein Mann und ich haben auch unsere alte Liebe und unser Vertrauen zurückgewonnen. Wir sind weder auseinander zu bekommen noch unterzukriegen. Ein Fels in der Brandung ist diese Ehe wieder geworden, dank der Abwesenheit der beiden Lügnerinnen.

Um es genau zu sagen, haben wir keine Familie mehr. Unsere Familie sind ein paar gute Freunde, die immer für einen da sind. Ob hoch oder tief, sie sind immer für dich da. Meiner Schwägerin habe ich, als der Streit mit ihrer Mutter anfing, das Geschenk, was sie für unsere Tochter mitgebracht hatte, ungeöffnet wieder mitgegeben und ihr Hausverbot erteilt. Dann kam ja die Anzeige und so Kinderspielchen, beispielsweise bei Freunden anzurufen und zu versuchen, mich schlecht zu machen. Bei einem dieser Aufklärungsgespräche, die mein Mann bei einem guten Freund von ihm und seiner Schwester führte, kam sogar heraus, dass unsere Nachbarn und Bekannten dachten, ich hätte nur wegen der Aufenthaltsgenehmigung geheiratet. Echt wahr. Sie hatte solche Gerüchte einfach so herumerzählt. Mit anderen Worten, ich und ihr Bruder führten nur eine Zweckehe, damit ich in diesem Land leben dürfte. Ich wusste, dass sie sich für mich geschämt hatten, doch man erzählt doch nicht solche Lügen. Den Menschen kam es seltsam vor und sie fragten, warum wir dann ein Kind zusammen hätten. Wissen Sie, was diese Kröte als Antwort vorgab? Ich hätte ihrem Bruder das Kind nur untergejubelt. Jetzt könnte er nicht mehr weg von mir. Daraufhin rastete mein Ehemann aus und gestand den Großeltern, was sie auch über sie verbreitete. Sie waren erst besonders geschockt. Gaben uns erst in allen Sachen Recht, drehten sich jedoch ein paar Wochen später total auf ihre Seite, und ich war doch wieder die Schlechte. Die Außenstehende. Die Lügnerin. Also, auch in diesem Fall keine klare Sache. Hat man sie nun missbraucht oder nicht?

Also, da ich keine Antwort hatte, ging ich auf Nummer Sicher und blieb auch bei den Großeltern weg. Stellen Sie sich doch mal vor, es würde stimmen, was sie über ihren Vater sagte. Meine kleine Tochter fasst niemand an. Dafür werde ich sorgen. Zur Not, wie in diesem Fall, hat sie eben besser gar keine Großeltern als eine Sexverbrecherbande. Nein, danke. Sollte jemals jemand meiner Kleinen etwas antun, verspreche ich es hier hoch und heilig: ich bringe diese Person eigenhändig um. Und wer mir mein Kind noch mal wegnehmen will, wird bitter bluten. Diese Frau hat noch nicht genug Strafe dafür bekommen, was sie mir angetan hatte und was sie meiner Tochter antun wollte. Dass sie in so einer kaputten Familie groß werden sollte, wie alle ihre Kinder. Es geht ihr so schon schlecht genug. Sie muss zum ersten Mal einen Ganztagsjob annehmen, um die Gerichtskosten, Anwaltshonorar, Unterhalt und ihr Leben zu finanzieren. Jahrelang hatten ja ihre Exmänner für sie gesorgt, da sie die Kinder hatte. Nun weiß sie was es heißt, Verantwortung tragen zu müssen. Gott sei Dank konnte sie mir nicht vorwerfen, ich hätte auch die Richterin aufgehetzt. Diese Richterin hält sie für unfähig, eine Mutterrolle zu übernehmen. Als ich dies hörte, hatte ich den Beweis, dass ich im Recht war. Mit meinen Eltern habe ich wieder guten Kontakt. Ich kann sie mit meinem kleinen Kind nicht so oft besuchen, da sie so viele Kilometer von mir weg wohnen, aber meine Tochter hat wenigstens einen kleinen Familienteil.

Mit meiner Familie habe ich mich, ohne ein Blatt vor dem Mund zu nehmen, ausgesprochen und sie verstehen, was in mir vorging. Es tat ihnen wirklich leid und ich bemerkte, dass sie durch mein Auftrumpfen aufgerüttelt wurden. Sie sind wirklich sehr einsichtig und boten mir sogar Hilfe in allen Lebenslagen an. Um so mehr sind meine Eltern darüber erfreut, dass ich pilgern möchte. Dies war der Traum meiner Mutter, doch hatte sie es nie geschafft, da, na ja, Sie wissen schon, warum nicht. Ich meine ihre Art und Weise damals. Was meine Eltern allerdings noch nicht wissen ist, dass meine Pilgerfahrt nicht nach Mekka geht, sondern zum Petersdom. Aber es ist zu früh, sie zu sehr zu schocken. Nun ja, denn auch meine Eltern haben sich sehr zum Positiven verändert und sie haben sich wirklich um hundertachtzig Grad gedreht. Ich meine es im Ernst.

Ich bin gespannt, ob sich meine Schwiegermutter und ihre Tochter auch mal so verwandeln. Aber daran habe ich eigentlich wenig Interesse, denn mein Leben ist viel

110

reicher ohne sie alle. Reicher an Frieden und an Wahrheit. Trotzdem. Ferner habe ich die Bibel und den Koran gelesen. Ehrlich gesagt, habe ich das Meiste nicht gut behalten, nur das Grundlegendste und Wichtigste. Aber ich bin auch kein Theologe. Vielleicht behält man mehr, wenn man es einige Male liest, oder des Öfteren. Auf jeden Fall müssen Sie mich bitte, bitte taufen.